뒤마의 볼가 강

작가가 사랑한 도시 02

뒤마의 볼가 강

초판 1쇄 인쇄 _ 2010년 7월 1일
초판 1쇄 발행 _ 2010년 7월 10일

지은이 _ 알렉상드르 뒤마 | 옮긴이 _ 김경란

펴낸이 _ 유재건
펴낸곳 _ (주)그린비출판사 | 등록번호 _ 제313-1990-32호
주소 _ 서울시 마포구 동교동 201-18 달리빌딩 2층
전화 _ 702-2717 | 팩스 _ 703-0272

ISBN 978-89-7682-111-9 04800 978-89-7682-109-6(세트)
이 도서의 국립중앙도서관 출판시도서목록(e-CIP)은 e-CIP 홈페이지
(http://www.nl.go.kr/ecip)에서 이용하실 수 있습니다.(CIP제어번호:CIP2010002256)
책값은 뒤표지에 있습니다. 잘못 만들어진 책은 서점에서 바꿔 드립니다.

그린비출판사 나를 바꾸는 책, 세상을 바꾸는 책
홈페이지 _ www.greenbee.co.kr | 전자우편 _ editor@greenbee.co.kr

작가가사랑한 **도시 02**

뒤마의 볼가 강

알렉상드르 뒤마 지음, 김경란 옮김

여행한다는 것은 완전히 말 뜻 그대로 '사는 것'이다.
현재를 위해 과거와 미래를 잊는 것이다.
그것은 '가슴을 열어 숨을 쉬는 것'이고, 모든 것을 즐기는 것이며,
자기 것인 물건을 소유하듯 창조를 소유하는 것이고,
땅에서 아무도 뒤지지 못한 금광을 찾는 것,
대기에서는 아무도 못 본 경이로움을 찾는 것이다.
—알렉상드르 뒤마

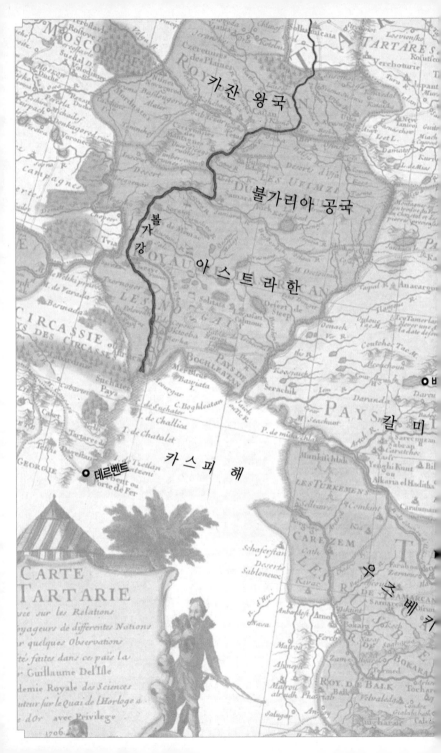

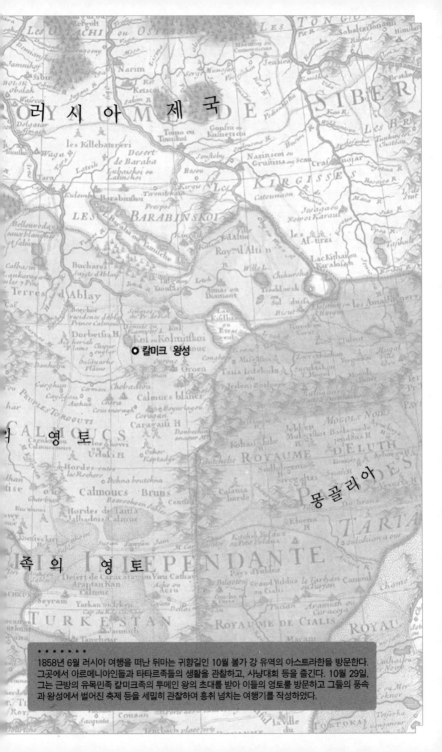

러시아 제국

칼미크 왕성

족의 영토 영토 몽골리아

1858년 6월 러시아 여행을 떠난 뒤마는 귀향길인 10월 볼가 강 유역의 아스트라한을 방문한다. 그곳에서 아르메니아인들과 타타르족들의 생활을 관찰하고, 사냥대회 등을 즐긴다. 10월 29일, 그는 근방의 유목민족 칼미크족의 투메인 왕의 초대를 받아 이들의 영토를 방문하고 그들의 풍속과 왕성에서 벌어진 축제 등을 세밀히 관찰하여 흥취 넘치는 여행기를 작성하였다.

차 례

일러두기

1 이 책은 Alexandre Dumas, *De Paris à Astrakhan*, 1860 가운데 뒤마가 볼가 강 유
역과 칼미크족의 영토를 여행한 부분만 발췌해 옮긴 것이다.

2 본문 이해를 돕기 위한 옮긴이 주 가운데 인명과 지명 등의 간략한 정보는 본문에 작은
글씨로 덧붙였으며, 좀더 상세한 설명이 필요한 내용은 각주로 처리하였다.

3 외국 인명이나 지명, 작품명은 2002년 국립국어원에서 펴낸 외래어표기법을 따라 표
기했다.

Volga

아스트라한

강의 좌안보다 언제나 더 높은 곳에 거대한 대초원을 펼쳐 내고 있는 우안의 땅이 갈라진 틈 몇 군데를 제외하면, 볼가 강은 끝없이 같은 모습을 보여 준다. 앞으로 나아갈수록 추위가 덜해 간다는 것을 느낄 수 있지만, 강은 다만 언제나 넓어져 가고 있을 뿐이다. 보디아노이 마을에서, 다시 말해 차리친Tsaritsyn을 떠난 그 다음 날 저녁에, 우리는 버드나무 잎들을 다시 보기 시작하였다. 사실 그곳은 계곡의 안자락이었으므로 버드나무들이 냇물에 그늘을 드리우고 있었던 것이다. 6주 이상을 지나왔지만 모스크바에서도 상트-페테르부르크에서도 나뭇잎 하나 더 이상 찾아볼 수 없었다. 하늘은 스스로가 더 맑아지려는 듯하였다. 약 12베르스타* 정도를 더 가서, 우리는 몇몇 잎들은 아직 푸른색을 잃지 않아 아름다운 버드나무 가로수를 발견하였다. 이 버드나무 발치에 암소들이 파울루스 포테르의 그림 속에서처럼 드러누워 되새김질을 하고 있었다. 카잔Kazan에서부터 거의 볼 수 없었던 나무들이 다시 나타나기 시작한다. 누레진 잎들을 달고

* 베르스타는 러시아의 옛 길이 단위로서 1베르스타는 약 1.07킬로미터에 해당한다.

있는 포플러나무들이 다시 보이고, 폭포와 초록이 깃든 단애들의 갈라진 틈도 보인다. 우리는 이제 '돈의 섬'*을 떠나온 참이다. 이 이름은 스텐카 라친17세기 제정러시아기에 코사크 지역에서 민중봉기를 주도한 인물이 아스트라한Astrakhan에서 포획한 전리품을 이 섬에서 부하들에게 나누어 주어, '분배금'이라는 말에서 나온 것이라고 누군가 우리에게 설명한다.

10월 24일 일요일 하루는 우리가 처음으로 볼 수 있었던 독수리가 나타났다는 것 외에 별로 색다른 일이 없었다. 독수리는 당당하게 대초원 위를 활공한 후 강 연안으로 덮쳐들어, 우리가 지나가는 것을 부동의 자세로 바라보았다. 그날 저녁은 황홀하였다. 하늘은 내가 아프리카를 여행한 이후로는 좀체 볼 수 없었던 붉은색을 띠고 있었다. 진정 동방의 저녁이었다. 그 다음 날인 25일 우리는 강 오른쪽에서 칼미크족**의 첫번째 천막들을 보았다. 독수리 두 마리가 날아와 우리 위를 선회하다 어제의 독수리처럼 강 좌안에 앉더니, 전날의 독수리처럼 우리가 지나가는 것을 지켜보았다. 열한 시경에는 강에 낙타를 물 먹이러 온 칼미크 유목민들을 세어 볼 수 있었다. 서른 명 남짓이었다. 기러

---

* 실제 지명이 아니라 아스트라한 지방어로 '돈의 섬'이라 불리는 별칭을 뒤마가 프랑스어 'L'île d'Argent'으로 옮긴 표현이다.
** 서몽골족(오이라트)을 유럽인들이 부르는 이름이다. 칼미크족은 유목민으로, 중국 신장 웨이우얼 자치구 톈산북로 지방과 러시아 연방의 카스피해 북서안 칼미키야 공화국에 거주한다. 자세한 것은 '옮긴이 해제' 124쪽 이하 참조.

기, 오리, 학 등, 이주하는 철새들로 하늘은 말 그대로 검게 변하였다. 암컷이 봄에 알을 깐 것 같은 나무 위 둥지 위에 독수리 두 마리가 앉아, 우리가 겨우 백 발자국 정도 떨어진 곳에 있는데도 꼼짝 않고 있었다. 같은 날 우리는 강가에서 몇 발자국 떨어진 곳, 왼쪽 편에서 중국식 탑과 이상한 건축양식으로 지어진 성을 하나 발견하였는데, 그것은 어떤 강한 명령에도 꿈쩍하지 않을 것 같아 보였다. 상당수의 칼미크족 천막들이 이 두 건물을 둘러싸고 있었다. 우리 선장을 불러 물어보았더니 그것은 칼미크족 왕의 성이며, 그 탑은 달라이 라마에게 바치는 것이었다.

우리는 아스트라한에서 아직 25~30베르스타 떨어져 있었다. 이윽고 우리는 이 두 기념물과 저녁 안개 속에 멀어져야 했는데, 이들은 마치 유럽 세계와의 경계 위에 아시아의 천재들이 세운 두 개의 표지석 같아 보였다. 저녁 열 시에 마침내 우리는 수많은 빛이 작렬하는 것을 보았고, 시끄러운 큰 소리들을 들었으며, 배들이 크게 움직이는 것을 보았다. 우리는 아스트라한 항구로 들어가고 있었다.

같은 날 저녁에 상륙하여 사포즈니코프 씨 집으로 열 시까지 가는 것은 무리였다. 우리는 관리인에게 보여 줄 편지를 갖고 있었지만, 관리인은 잠들었을 것이고 그러면 우리는 남의 이목을 끌게 될 터인데, 그것이야말로 무엇보다 피하고 싶은 것이었다. 그래서 마지막 밤을 나키모프 호에서 우리의 사람 좋은 선장에게 셈을 치르면서 보냈다. 공정하게 말해서, 이 선장은 정말 우리를 편하게 하는 일이라면 무엇이든 다 해주었던 것이다. 그 다음 날 열 시에 작은 배가 우리를 짐과 함께 육지로 데려다 주었다. 거기서 '드로슈키'지붕 없는 사륜마차에 올라타고 옷가지들은 사륜 짐마차에 실으니, 통역 칼리노가 가장 위엄 있는 목소리로 "돔 사포즈니코프!"라고 외쳤다. 사포즈니코프의 저택이라는 뜻이다. 마부는 마을에서 가장 아름다운 집으로 우리를 곧장 데려가, 마치 우리 집이라도 왔다는 듯 단숨에 마당으로 들어섰다.

그런데 그 점잖은 사람이 한 말이 모두 옳았다.* 우리의 도착 통고를 받은 지 이미 10주 이상 된 관리인은 벌써 한 달 전부터 하루하루 우리를 기다렸던 것이다. 나는 우리가 당도한 곳이 정말 집처럼 편했다고 말하지는 않겠다. 아니다. 러시아인들은 환대라는 것에 대해서 이보다 더 잘 알고 있었다. 그러니까 모든 집들은 우리 집이나 마찬가지였던 것이다. 오전 열한 시였고 배 고픔이 느껴지기 시작하였으므로 나는 칼리노에게 관리인과 이 중요한 문제, 즉 식사를 어떻게 할지 상의하고, 또 아스트라한에서 어떻게 지내면 될지 더러 충고할 점들도 물어봐 달라고 부탁하였다. 그는 그 문제에 대해서는 전혀 염려할 바가 없다고, 우리가 최대한 환대받을 수 있도록 하라고 사포즈니코프 씨가 이

---

* 이 글을 발췌한 뒤마의 여행기 『러시아 기행』의 앞부분에 나오는 이야기이다.

미 명령을 내려 놓았다고 하였다. 그 증거로, 우리는 식당으로 가기만 하면 되었다. 거기에 정말 우리 식사가 준비되어 있는 것을 볼 수 있었다. 사실 그대로를 바로 그 순간 확인하였고 정말 틀림이 없었으므로, 우리는 대단히 만족하였다.

아스트라한에서는 여러 차례 관개하여 얻는 인공발육 방식으로 포도알이 오얏처럼 굵은 훌륭한 포도를 수확하긴 하지만, 포도주를 빚으면 맛은 그저 평범하다. 그래서 우리는 남부 러시아에서 가장 애호되는 보르도산, 키즐랴르산, 카헤티산의 포도주 세 종류를 식탁에 곁들여 보았다. 우선 카헤티산 포도주에 관해 말하자면, 그것을 결코 제값어치만큼 평가할 수는 없었다. 가죽부대에 담겨 농축된 풍미와 염소의 향 덕분에 아스트라한 사람들로부터 사랑받기는 하지만, 내 입맛대로 평가한다면 이방인들에게는 별 매력이 없는 술 같다.

우리가 식사하는 동안 경찰청장이 방문할 거라는 소식이 왔다. 경찰청장의 방문은 언제나 불안스런 일로 여겨질 다른 나라에서와는 달리, 러시아에서는 그의 방문은 환대의 상징이며 항상 유쾌한 관계를 맺게 하는 사슬의 첫 고리임을 알게 되었다. 그래서 나는 우리 가까이 청장을 맞아들이려 일어섰다. 그를 주빈으로 맞아 식사를 대접하고자 한 것이다. 그러나 그는 기분 좋게 음미하며 마신 카헤티산 포도주 한 잔을 제외하고는 모든 것에 무감각한 듯하였다. 그걸 보니 끔찍한 술을 마치 사모스나 산토리니의 미식가들이 찾아낸 진짜 감로주인 양 당신들에게 권하는, 수지향 포도주레치나에 열광하는 아테네 사람들이 생각났다. 카헤티 주는 염소 가죽에 넣지 않으면 사실 훌륭한 포도주이긴 하다. 사모스나 산토리니의 포도주는 쓴맛을 내는 솔방울을 첨가하면 맛이 끔찍해진다. 그러나 할 수 없지 않나! 아테네 사람들이 수지향 포도주를 좋아하는 것은 다만 그 술이 쓰기 때문인 것과 마찬가지로, 아스트라한 사람들은 나쁜 냄새가 난다는 이유 하나로 카헤티 주를 좋아하는 것이다.

여느 날과 마찬가지로 경찰청장은 우리의 명령을 따르러 왔다. 그는 우리의 도착을 지사 스트루베 씨와 사령관 마쉰 대장에게 알렸고, 스트루베 씨는 바로 그날 우리와 같이 식사하러 기다리고 있다고 말을 전하게 하였다. 마쉰 대장은 가장 좋은 날 함께 식사하길 기대하고 있다고 우리가 답하게 했다. 나는 스트루베 씨의 초대를 받아들였다. 그러고 나서 출발하기 전에 경찰청장에게 우리를 초대한 사람의 집을 살펴볼 수 있도록 허가해 달라고 부탁했다.

불안한 마음이 나를 사로잡았다. 처음 방문한 집에서 많은 대기실과 많은 살롱과 많은 방들과 많은 사무실과 온갖 종류의 많은 작은 방들을 다 보았지만, 어디서도 침대 하나를 찾아볼 수 없었기 때문이다. 나는 두번째 집도 뒤져 봤지만 첫번째 집처럼 아무 소득이 없었다. 경찰청장은 호기심에 부풀어 나를 따라다

넜다. 내가 문이란 문은 옷장 문까지 죄다 여는 것을 보고서, 그는 내가 현대판 스텐카 라친 무리들로부터 나 자신을 지키려고 그러고 다니는 줄로 알았다. 마지막으로 나는 관리인에게 다가가서 사포즈니코프 저택에서는 어디서 잠을 자는지 물어봤다. "아무 데서나요"라고 그는 친절하게 대답해 주었다. 나는 아무 데서나 자는구나, 다만 침대가 없을 뿐이지 하고 짐작했다.

그에게 침대 매트나 시트나 이불을 얻을 방법이 없는지 물어보았다. 그러나 그 선량한 사람은 눈을 아주 크게 뜨고 나를 쳐다보았다. 그래서 나는 그가 내 요구사항을 못 알아듣거나 아니면 너무 과하다고 생각한다고 결론지었다. 나는 이방인들과 접촉이 많아서 일반 시민들보다는 더 깨인 경찰청장의 도움을 청하였다. 그는 알아보겠다, 알아봐서 내 요구를 충족시켜 줄 수 있길 바란다고 대답했다. 그 일은 대단히 어려워 보이지는 않았다. 이미 나는 내 매트와 베개, 이불, 시트가 있었으므로, 이불이 있는 무아네 씨 화가이며 뒤마의 지인가 사용할 시트 두 개와 베개와 매트 하나씩만 더 필요했기 때문이다. 칼리노 씨는 전혀 걱정할 필요가 없었다. 그는 러시아 사람이어서 아무 데서나 잘 뿐만 아니라 어떻게든 잘 수 있다. 나는 나를 위한 특별 서비스단 소속 하인에게 침대가 뭔지를 최선을 다해 설명해 주었다. 그에게 내 매트, 시트, 이불, 베개를 주면서 사용법을 알려 주었다. 나는 나의 동료를 위해서도 같은 방식대로 사용될 수 있도록 그에게 알려 주었고, 문 앞에 자기 마차를 대기시켜 놓은 경찰청장에게는 나를 스트루베 씨 집으로 데려가 달라고 부탁했다.

층계를 내려오면서 나는 마지막 계단에서 몇 발자국 떨어진 곳에 멋진 말 두 마리가 끄는 아주 우아한 사륜 포장마차가 있는 걸 보고는, 대체 누구의 것인지 궁금했다. 관리인은 그건 사포즈니코프 씨의 것이며, 그러니까 동시에 나의 마차라고 대답했다. 그것은 우리 경찰청장의 드로슈키보다 더 편리해 보였으므로 그가 아니라 내가 나서서, 그의 마차에 얻어 타는 대신 내 마차에 그를 위한 자리를 만들어 주었다. 스트루베 씨에게는 서른둘에서 서른다섯 살가량의 프랑스 출신, 따라서 파리 사람처럼 프랑스어를 잘 말하는 남자의 모습이 있었다. 그리고 스물다섯 먹은 젊은 아내와 두 아이가 그의 가족을 이루고 있었다. 그의 초대는 그가 우리를 맞이하는 데 많은 정성을 쏟고 있음을 보여 주었다. 그는 자신의 모든 것을 우리가 자유로이 사용할 수 있도록 해주었다. 나는 투메인 왕칼미크족 왕의 이름의 탑 앞을 지났을 때부터 솟아났던 내 욕심, 즉 그 탑을 한번 찾아가 보겠다는 소원을 그에게 감히 드러내 보였다. 스트루베 씨는 당장 칼미크 사람 하나를 말을 타고 자신에게 오도록 하겠다고, 그리고 칼미크 왕은 우리를 환대할 뿐 아니라 우리의 방문이 그들에게 축제를 열 구실도 될 것이라고 내게 대답해 주었다. 나는 어려워 보이는 것이라곤 전혀 없는 나라를 여행하고 있었던 것이다. 그 결과 나는 모든 것을 있는 그대로 믿게 되었고, 투메인 왕이 축제를 열어 줄 것 역시 굳게 믿었다.

우리는 여섯 시경에 저녁 식사를 한다. 그때는 한 시였다. 그러니까 빨리 마을로 달려가게 되면 네 시간가량 여유가 있는 셈이었다. 매트를 구하러 가서 경찰청장만 우리와 떨어져 있었기 때문에, 나는 우리와 함께 시장으로 빨리 갈 수 있는, 마을에 대해 잘 아는 러시아 청년 한 명을 자기 구역에서 좀 찾아 줄 수 없겠냐고 스트루베 씨에게 물었다. 그는 대답했다. "내게 더 좋은 방안이 있어요. 프랑스 청년 한 명을 아는데 그는 아마 틀림없이 당신 친구 중 한 명의 아들일 거예요"라고. 내가 아스트라한에서 가이드를 찾는 순간에 친구의 아들을 만나게 되다니, 그건 동화에서나 나오는 이야기였다. "이름이 어떻게 되는데요?"라고 묻자, 그는 "쿠르노입니다"라고 대답했다. "아! 정말이네, 진짜야!"라고 나는 손뼉을 치며 소리 질렀다. 나는 그의 아버지와 아는 사이였다. 그것도 아주 잘.

단 하나의 단어, 단 하나의 이름이 나를 과거 30년 전의 삶 속으로 되던져 놓았다. 내가 파리에 도착했을 때, 그러니까 아르노 씨와 그 아들들과의 친분 덕에 제국주의의 세계 속에 던져졌을 때, 이들은 메셍 부인, 생-장-당젤리의 르뇨 부인, 그리고 아믈랭 부인 댁으로 나를 데려가 주었다. 이분들의 집을 모두 전전하며 춤도 좀 추었지만, 무엇보다 도박을 했다. 나는 두 가지 이유로 노름을 못했다. 하나는 돈이 없었기 때문이고, 둘째로는 내가 노름을 좋아하지 않았기 때문이다. 그러나 나는 친구들의 친구 한 명을 알게 되었는데, 그는 나보다 열 살 위로, 자기의 적은 밑천을 최대한 신나게, 최대한 빨리 잃어 가고 있는 중이었다. 밑천을 다 낭비해 버리고 그는 사라졌다. 아무도 그를 걱정하지 않았다. 아마 나도 그랬을 것이다. 나는 그가 러시아로 떠나 초등학교 교사가 되었고 거기서 결혼했다는 것을 알게 되었다. 그에 대해 아는 것은 이것이 전부다. 그 젊은이가 바로 쿠르노였다. 그 아들은 금시초문이었으니, 모르는 사람이었다. 그러나 내가 일을 많이 하고 이름이 알려지고 명성이 퍼짐에 따라, 그는 자기 아버지가 "뒤마라고? 아주 잘 알았지"라고 말하는 걸 들었던 것이다. 그는 아버지의 이 말을 기억하고 있다가, 내가 아스트라한에서 며칠 머물 것이라는 소식을 듣자, 스트루베 씨에게 자연스럽게 말한 것이다. "아버지가 뒤마 씨랑 아주 잘 알았어요"라고. 이 말을 듣고 스트루베 씨는 쿠르노를 내 가이드로 쓰면 좋겠다는 생각을 했던 것이다. 스트루베 씨는 쿠르노를 찾아오도록 하였고 그에게 1주일 휴가를 주었으며, 우리 여행단을 돕는 일원이란 자격을 주었다. 우리 젊은 동향인은 이 새로운 임무를 아주 기쁜 마음으로 수락했을 것이라고 감히 나는 말하겠다.

아스트라한이 크게 번성하기 시작한 것은 전설적 시대, 다시 말해 킵차크한국에 속했던 때로 거슬러 올라간다. 이 제국은 카타이 제국과 마찬가지로 과거의 심연 속으로 거의 완전히 사라져 갔다. 바투 칸청기즈칸의 손자로 킵차크한국의 1대 군주과 마르코 폴로는 같은 시대였던가? 타타르 사람들은 이 도시를 아스트라한, 혹은 사막의 별이라고 불렀고, 이 도시는 황금씨족Altan Urug*의 도시들 중 가장 부유한 도시 중 하나였다. 1554년 '무서운 이반' 16세기 모스크바 공국의 대공 이반 4세의 별명은 카스피 해의 한국을 점령하고 스스로를 카잔과 아스트라한의 왕이라 칭하였다. 오늘날 아스트라한은 이미 수도가 아니며, 그 도의 도청소재지이다. 면적이 약 20만 베르스타, 즉 약 5만 제곱리유**인 아스트라한 통치구역은 프랑스보다 3분의 1이 더 크지만, 인구가 28만 5천 명에 지나지 않으며 그 중 20만 명은 유목민이다. 1제곱리유를 네 명이 안 되는 인구가 차지하는 것이다.*** 아스트라한은 이 면적을 4만 5천 명의 주민이 점유한다. 근본은 러시아이고, 확대하면 아르메니아인, 페르시아인, 타타르인, 칼미크족들까지 포함한다.

5천 명에 달하는 타타르인들은 주로 목축에 종사한다. 바로 이들이 아름다운 온갖 색깔을 띠는 풍부한 양털을 공급하는데, 이 중에서도 특별히 하얗고 회색이거나 검은 것은 우리나라에

---

* 몽골족 최대 부족이자 대대로 '칸'(khan)을 낸 칭기즈칸의 부족을 말한다.
** 리유는 프랑스의 옛 거리 단위로 1리유는 약 4킬로미터, 1제곱리유는 약 16제곱킬로미터에 달한다.
*** 작가의 계산상 착오다. '네' 명이 아니라 '여섯' 명이 옳은 듯하다.

서 '아스트라칸'이라는 이름의 외투 안감으로 유명하다. 꼬리 모양이 특이한 양을 키우는 것도 이들인데, 어떤 여행자들의 말에 의하면 그들은 양들을 운반할 인력이 없어서 손수레에 싣고 이동시킨다고 한다. 우리는 수레는 보지 못했지만 양과 그 꼬리는 보았다. 베스투셰프-보드고 호수에서 우리는 꼬리를 하나 먹어 보기도 했는데, 그것은 10~12파운드까지 족히 나가며 (뼈를 빼고는) 완전히 지방 덩어리긴 하지만, 내가 맛본 그 어느 것보다 더 맛이 섬세하고 풍부한 것 중 하나였다.

옛날 아스트라한에는 상당수의 인도 사람들이 살았으나 멸족되었으며, 그들은 칼미크 여인들과의 관계로 아주 강하고 용감하게 일 잘하는 튀기의 종족을 남겼는데, 그 종족은 모계의 사시가 퇴화되고 부계의 갈색 피부가 퇴화되어, 외모가 아주 아름다웠다고 덧붙여 말하겠다. 바로 이 튀기 부족들은 항구, 부두, 길 위 어느 곳에나 있고, 피에로의 모자와 흡사한 흰 모자를 눌러 쓰고 있으며, 얼핏 보면 스페인의 노새몰이꾼으로 착각할 수 있는 하역인부, 마차꾼, 행상인, 선원들이다.

유태인들이 세계 도처에서 살면서도 자신네 원형을 간직해 왔듯이 아르메니아인들은 아스트라한에서도 순수한 원형을 잃지 않았다. 밤에만 겨우 외출하는 아르메니아 여자들은 하얀 긴 베일로 몸을 감싸고 다니는데, 황혼녘에 보면 마치 유령 같아 보인다. 경탄스럽게도 주름을 잘 잡아, 베일이 만들어 낸 모습을 가까이서 보면 그리스 조각상들을 연상시키는 우아한 선들을 그려 내고 있다. 이 살아 있는 유령들이 그리스와 아시아의 아름다움의 합작품인 순수하고 그윽한 얼굴 모습을 살짝 애교스럽게 드러내 보여 줄 때면, 고대 걸작과의 유사성은 두 배가 된다.

도로 포장이란 아스트라한에서는 전혀 알려지지 않은 사치이다. 열기가 올라온 도로는 먼지의 사막이 되고, 비가 내리면 도로는 진흙 호수가 된다. 찌는 여름 날 도로는 오전 열 시부터 오후 세 시까지 인적이 끊긴다. 네 시부터 다섯 시까지 집들에서는 벌집들처럼 분봉이 이뤄진다. 가게들은 문을 열고, 길에는 사람들이 모여들고, 집 문턱들은 혼잡해지며, 아시아와 유럽 모든 인종의 표본들이자 바벨탑처럼 모든 방언들의 혼합을 이루는 행인들을 호기심 있게 쳐다보는 아이들의 머리통으로, 창문은 기가 막히게 장식된다. 아스트라한에는 모기가 많다고 해서 큰 걱정을 했다. 그러나 다행히도 우리는 팔월과 구월의 대기를 어지럽히는 이 끔찍한 곤충들이 사라졌을 때에 도착하였다.

아스트라한에서 물은 귀하고 질이 좋지 않다. 볼가 강물은 카스피 해와 닿아서거나, 아니 어쩌면 사라토프에서 레빈진스카이아에 이르는 소금층에 빠져서인지, 짭짤해져 있었다. 러시아 당국은 분출식 우물을 파 보려고 했지만 130미터 깊이에서 물은 솟아나지 않았고, 기계가 탄화수소 가스의 통로만 뚫어 놓았다. 저녁이 되니 이 사고를 이용해서 거기다 불을 피워 놓았다.

불은 아주 강한 빛을 퍼트리며 낮이 될 때까지도 타고 있다. 우물이 현등舷燈이 된 것이다.

누군가 아스트라한의 수박이 참 맛있다고 아주 극찬을 했다. 그러나 맛이 탁월한 만큼, 너무 흔하기도 해서 먹는 사람이 없단다. 우리가 맛보고 싶다고 청했지만, 우리의 격과 어울리지 않는 먹을거리라고 하며 계속 거절하였다. 먹어 보려면 우리가 직접 사는 수밖에 없었다. 7~8파운드짜리 수박 하나를 우리는 4수*에 샀는데, 이건 우리가 외국인이라는 신분 때문에 반은 사기당한 셈이었다. 언젠가 나는 8코페이카어치의 수박 두 통을 샀는데, 잔돈이 없어 1루블짜리 지폐 한 장을 냈다. 러시아의 중심부에서 이미 가치가 하락한 지폐는 변방으로 가면 아주 심하게 가치가 떨어졌기 때문에, 수박장수는 내게 3프랑 12수를 돌려주는 것보다 수박을 하나 더 얹어 주고 싶었던 것이다. 헤르손 Kherson과 크림 반도에서 수박은 사실 아주 비싸게 사야 하는데, 그래도 내 생각에 아스트라한의 것만큼 맛있는 것 같지 않다. 이미 말했던 포도를 제외하고 다른 과일들은 그저 그랬는데도, 옛속담에서는 아스트라한의 과일을 칭찬하고 있다. 사실 관개 기술에 능한 타타르족의 시대에는 아마도, 공기가 부족하면 아무

---

* 프랑스의 옛 화폐단위로 1수는 5상팀(1상팀은 100분의 1프랑), 즉 20분의 1프랑에 해당한다.

소용도 없는 배기펌프보다는 오히려 아스트라한의 과일들이 더 오래 지속되는 명성을 가져다주었을 것이다. 세비야, 코르도바, 알함브라의 과일들도 이름이 높지만, 그건 아랍인들이 지배했을 때의 일이다. 스페인에서 오늘날 먹을 만한 유일한 과일은 저절로 잘 자라는 오렌지와 석류 정도다.

스트루베 씨는 자신의 프랑스 요리사의 힘을 빌려 우리에게 훌륭한 정찬을 즉석으로 차려 주었을 뿐 아니라, 열두어 명의 회식자들을 모으는 수완도 발휘했는데, 일단 방문만 닫게 되면, 이들은 우리가 프랑스에서 1천 리유나 떨어진 곳에 와 있다는 생각에 빠져들도록 내버려 두지 않았다. 우리의 문명, 우리의 문학, 우리의 예술, 우리의 유행이 얼마나 큰 정신적 영향력을 세계의 나머지 지역에게 행사하고 있는지, 도무지 믿을 수 없다. 의복, 소설, 공연예술, 음악, 여자들의 스타일로 말하자면, 이들은 프랑스보다 겨우 여섯 주 소식이 늦을 뿐이었다. 우리는 시, 소설, 오페라, 마이어베어19세기 독일 태생의 저명한 오페라 작곡가, 위고, 발자크, 알프레드 드 뮈세에 대해, 예술가들의 아틀리에라고 꼭 집어 말하지는 않겠지만, 마치 파리의 루르나 쇼세당탱 구역의 한 살롱에서 수다를 떨 듯이 이야기하였다. 피고-르브랭이나 폴 드콕19세기 중반 프랑스의 유명한 대중소설가들에 대한 몇 가지 오류들의 수정과, 사람들과 사물들에 대한 판단들은 확실히, 파리에서 약

50리유 떨어진 프랑스의 어느 도에서 말하였을 것보다도 더욱 정확했다는 사실에 대해서, 한번 상상해 보시라. 그리고 거실 창문을 열고 팔을 뻗치기만 하면 카스피 해에, 다시 말해 로마인들에게는 알려지지 않은 미지의 나라에 가 닿았으며, 투르키스탄, 다시 말해 우리 시대에는 알려지지 않은 나라에 우리가 가 닿았다는 사실에 생각이 미칠 때면!

루쿨루스는 미트라다테스 6세를 패배시키고, 아마 오늘날 블라디캅카스^{Vladikavkaz}에 이르는 길과 같은 길을 따라 미트라다테스를 캅카스 지역 너머로 쫓아낸 뒤에, 사실은 그 자신이 헤로도토스가 다음과 같이 말한 바로 이 카스피 해를 보고 싶어 하였던 것이다.* "카스피 해는 그 바다 자신으로부터 시작하는 바다여서 다른 바다들과는 아무런 오고 감이 없다. 왜냐하면 그리스인들이 항해하는 모든 바다들, 헤라클레스의 기둥들** 너머에 있는 바다, 그리고 아틀란티스라 불리는 바다, 또한 에리트레아 해는 단지 하나의 바다에 지나지 않는다고 생각들 하기 때문이

---

* 기원전 1세기 로마의 정치가이며 장군인 루쿨루스는 소아시아 폰투스 왕국의 미트라다테스 왕이 캅카스의 아르메니아족과 동맹을 맺고 세력을 키우자, 1만의 로마군으로 폰투스의 10만 대군을 격퇴한다. 그는 소아시아에서 더욱 동쪽으로 진군하여 카스피 해를 넘으려 하였으나, 병사들의 반발로 결국 로마로 돌아온다. 카스피 해 입구까지 진군한 유럽인은 알렉산드로스 대왕 이후 그가 처음이다.
** 지브롤터 해협 어귀 부분의 낭떠러지에 있는 두 개의 바위로, 지중해와 대서양을 가르는 관문이다. 북쪽은 이베리아 반도 남단 영국령 지브롤터에 속하며 남쪽은 북아프리카의 아빌라 산으로 알려져 있다.

다. 카스피 해는 아주 다른 바다다. 이 바다는 노를 저어 가는 선박이 보름 간 항진할 만큼의 길이다. 폭이 가장 넓은 곳은 1주일을 항진해 가는 너비다. 캅카스 산맥은 이 바다와 서쪽에서 경계를 이룬다. 카스피 해 동쪽에는 넓은 마사게테 평원이 펼쳐진다." 우리는 생각했다. 루쿨루스는 카스피 해를 보고 싶어 하였으며, 카스피 해의 고립된 특징은 이후로 여러 번이나 부정되었으나 예수 탄생 5백 년 전에 이미 헤로도토스가 인정한 것이었구나 하고.

그는 오늘날 고리^{Gori}라 불리는 지역에서 출발하여 그후 그루지아였던 지역을 건너가, 쿠라 강과 아라스 강 사이의 대초원 지역까지 도착하였을 가능성이 강하다. 플루타르크는 다음처럼 말한다. 거기서 그는 수많은 뱀들을 만나, 병사들은 놀라서 더 이상 나아가기를 거부하였으며, 그리하여 카스피 해에서 약 20리유 떨어진 곳에 도착하여 자기 계획을 포기할 수밖에 없었다고. 오늘날에도 모한나 대초원에는 뱀이 아주 많아서, 초원을 건너가는 낙타에게 코와 다리를 보호하기 위해 장화와 부리망을 착용시킨다.

아르메니아인과 타타르인

흑해와 카스피 해에 대한 패권을 확보할 뿐 아니라 이 두 바다에 대한 완벽한 소유권을 얻기 위해 표트르 1세가 얼마나 공을 들였는지, 그의 노력에 대해 알기 위해 역사를 따라가 보면, 우리는 그가 인도의 산물이 자기 나라를 통해 가도록 강행함으로써 아스트라한의 옛 영광을 되찾겠다는 크나큰 야망에 차 있었다는 점을 확신하게 된다. 그 자신이 직접 아스트라한으로 갔으며, 항행 가능하며 모래로 메워질 위험이 가장 적은 볼가 강 하구들, 그 바다에 대해 직접 연구했다. 오직 네덜란드인들만을 믿었으며, 그들에게 자신의 나라에 이웃한 카스피 해 연안들을 탐사하도록 하였다. 그는 검역소를 지을 자리를 지정해 놓았다. 그래서 최근, 다시 말해 건물의 돌공사를 시작해 놓고 두 번이나 포기할 수밖에 없었던 그 이후로, 이십 년가량 전에 현재의 위치에 검역소를 다 세워 갈 무렵에, 우연히 시의 고문서 보관소에서 건물이 어느 지점에 세워졌는지 건축기사들에게 정확한 지점을 알려주고 있는 표트르 1세의 계획서가 발견되었다.

그것은 표트르 1세가 아스트라한의 특별한 입지에 대해 측정하였기 때문이고, 12, 13, 14세기 내내 유럽과 아시아의 상업적 관계에 있어 그 입지가 얼마나 대단한 역할을 했었는지를 알고 있었기 때문이다. 유럽에서 항행 가능한 가장 큰 강 하구에 위치하였고, 게다가 15리유의 반도를 뛰어넘으면 카스피 해를 통하여 투르키스탄, 페르시아, 그루지야, 아르메니아와 연결되어 있으며, 돈 강 지역, 즉 제국 중앙부의 주들과 흑해와 보스포루스 해협과 다뉴브 강과 연결되어 있었다. 그래서 1486년에 바스톨로뮤 디아스가 이미 발견하였던 희망봉 항로를 1497년 바스코 다 가마가 다시 발견하기 전에는, 향신료, 향료, 향수, 직물, 캐시미어는 이스파한Ispahan에 이르는 유프라테스 노선밖에는 통하는 딴 길이 사실 없었다. 거기서 강들은 두 개의 지류로 나뉜다. 하나는 에르주룸Erzurum을 통하여 흑해로 도달하는 것이고, 또 하나는 카스피 해에 도달하는 것, 그러니까 테헤란과 아스테라바드Asterabad를 통하여 아스트라한에 도달하는 것이다. 거기서 강들은 쿠반Kuban과 볼가 강의 대상隊商들을 싣고 흑해에 도달한다. 그리고 강들은 일단은 흑해까지 갔다가 다뉴브까지 거슬러 올라가고, 베니스로 가서 티르고대 페니키아의 항구도시에서 오는 강들과 경쟁하며, 북서쪽으로 뻗어 가다가 브뤼헤, 안트베르펜, 겐트, 리에주, 아라스, 낭시를 비옥하게 해준다. 제노바인들이 1260년 타우리카Taurica 연안 지방을 점령하러 와서 돈강 유역의 타나Tana 시까지 해외상관 설립을 추진한 것은, 바로이 교역을 독점하기 위해서다. 마호메트 2세의 영도하에 터키인들이 콘스탄티노플을 점령하려 온 새로운 의외의 사건이 터진 것은, 이 대담한 이탈리아의 투기가들의 교역이 가장 번창하였던 바로 그 무렵이다.

　이십 년 뒤에 제노바의 모든 식민지들은 오스만 제국의 손에 넘어갔다. 그래도 얼마 동안 베네치아는 저항하였다. 그러나 베네치아 역시 하나씩 하나씩 에게 해의 상관들을 잃어 갔다. 바스코 다 가마가 인도 항로를 다시 발견할 무렵, 터키인들은 유럽의 교역의 모든 진로를 바꾸려는 듯, 유럽 선박들의 다르다넬스 해협의 항로를 마침내 폐쇄해 버렸다. 아스트라한이 쇠퇴하고 스미르나Smyrna가 커진 것은 그때부터다. 해협의 바깥에 위치한 스미르나는 동방교역 독점의 혜택을 17세기 중엽 무렵까지 누렸다. 이반 4세와 알렉시우스와 표트르 대제가 위대한 타타르의 도시라는 시체에 활기를 불어넣기 위해 할 수 있는 것은 다했지만, 그동안 아스트라한은 시들고 고통받고 죽어 가고 있었다. 오늘날 서양의 여러 지역들에 훌륭한 특산품을 공급하는 것은 인도가 아니다. 그 대신, 트라브존*을 통해 퍼케일 천올이 곱고 섬세한 면직물의 일종과 날염된 면제품으로 페르시아와 아프카니스탄 그리고 발루치스탄Balochistan 지역들을 휩쓸고 다니는 것은, 바로

---

* 터키 북동부 흑해 연안에 위치했던 왕국으로 비단길에 자리잡은 항구라는 중요성 덕분에 이란, 인도, 캅카스와 이어지는 무역의 거점이 되었다.

영국이라는 나라다. 그 매출고는 무려 연간 5천만 프랑에 육박한다.

그래서 나는 아스트라한에서 인도의 그 훌륭한 천이나, 호라산Khorasan 지역의 그 훌륭한 무기를 찾을 수 있을 거라 생각하고 찾아보았지만, 결국 대단히 실망했을 뿐이다. 아스트라한에는 나의 방문이 헛되지는 않도록 페르시아 가게 대여섯 군데가 그나마 겨우 남아 있다. 이 가게들 중 어느 곳도 상점이라 이름 붙일 수 없는 것이었다. 거기서 내가 찾아낸, 눈에 띄는 단 하나는 칼날에 상감으로 녹색의 상아를 박은 호라산 단검이었다. 24루블 주고 그것을 샀다. 그 단검을 판 페르시아 사람이 장식 못으로 그것을 3년 전에 고정해 놓았는데, 아마추어 혼자의 힘으로 그걸 벗겨 낼 생각은 차마 못하였다.

우리가 도착한 그 다음 날 경찰청장이 아르메니아와 타타르족의 몇몇 집들의 내부를 구경시켜 주겠다고 데리러 왔다. 그는 그전에 신경을 써서, 우리의 방문이 민족적·종교적 감정에 상처 주지 않을지 물어보았다. 실제로 몇몇 청교도주의자들은 이민족의 집 안으로 들어가는 것에 혐오감을 드러내기도 했다. 그러나 보다 깨인 다른 사람들은 우리를 환영할 거라 대답했다. 우리가 소개받았다기보다는, 오히려 우리를 소개시켜 준 첫번째 가정은 아르메니아 가정이었다. 그 가정은 아버지, 어머니, 아들 하나, 딸 셋으로 이루어졌다. 이 선량한 사람들은 우리를 맞느라 많은 신경을 썼다. 아들은 화덕에서 '샤슬릭'캅카스 지방의 토착 음식으로 꼬치에 꿴 양고기 구이을 만들고 있었고——샤슬릭이 뭔지는 있다가 설명하겠다——그동안 세 딸들과 어머니는 서너 종류의 포도로 만든 온갖 종류의 잼들을 식탁에 잔뜩 올려놓았다. 아스트라한에는 42종의 포도가 있다고 누군가가 단언했다. 잼에 대해 말하자면 나는 세상에 아르메니아인들보다 더 잼을 잘 만드는 사람들이 있다고는 생각하지 않는다. 나는 장미잼, 호박잼, 검은 래디시잼, 호두잼, 아스파라거스잼 등, 다섯 종류의 잼을 먹어 봤다.

이 잼들을 어떻게 만드는지 알아보는 일은 아마 전혀 재미없지는 않을 것이다. 다음은 만드는 법이다. **장미잼**——장미꽃잎을 따뜻한 물에 넣어 하얗게 만든다. 그리고 하얘진 잎들을 꿀 속에 넣고 잎들이 다 익을 때까지 끓인다. 잎들이 노랗게 변하면 다 익은 것을 알 수 있다. 계핏가루를 섞고 단지에 붓는다. **호박잼**——호박을 조각내어 물과 석회수에 사흘간 담가서 하얗게 만든다. 그리고 6일 동안 찬물 속에 담가 두고 하루에 두 번씩 물을 갈아 준다. 계핏가루를 뿌리고 꿀 속에 넣고 끓인 다음 단지에 넣는다. **검은 래디시잼**——서양고추냉이처럼 래디시 표면을 긁어낸다. 3일 동안 물에 담가 두고 하루에 두 번씩 물을 갈아 준다. 네 번째 날, 따뜻한 물에 넣어 하얗게 만들고, 냅킨으로 마지막 한 방울까지 물기를 다 짜낸다. 계핏가루를 뿌리고 꿀 속에 넣고 끓인다. **호두잼**—푸른 호두를 따서 속껍질이 드러나도록 껍질을 다 벗겨낸다. 속껍질째 석회수에 사흘간 담가 두었다가, 꺼내서 찬물에 6일 동안 담가 두고 하루에 두 번씩 물을 갈아 준다. 이어 찬물에서 꺼내서 하루를 따뜻한 물에 담가 둔다. 그 다음 꿀과 계핏가루 속에 넣고 끓인다. **아스파라거스잼**—아르메니아어로 '렛처즈'라고 하는 종류의 아스파라거스 표면을 긁어낸다. 이것은 더 이상 자라나지 않는 특별한 종이다. 긁어낸 아스파라거스를 물에 넣고 십 분간 끓인다. 그 다음 찬물에 이틀간 담가 두고 하루에 두 번씩 물을 갈아 준다. 계핏가루를 골고루 뿌리고 꿀 속에 넣고 끓인다. 계핏가루는 보다시피 필수적인 양념이다. 모든 동양인들은 계핏가루를 좋아하여, 러시아인들의 회향풀, 독일인들의 서양고추냉이, 우리의 겨자와 마찬가지로 없어서는 안 되는 것이다. 꿀에 대해 말하자면, 꿀은 설탕이 고가이기 때문에 사용하는 것인데, 설탕은 파운드당 2프랑 50상팀 혹은 3프랑이다. 그러나 어떠한 것이든 설탕 넣은 잼은 꿀 넣은 잼보다 더 고급이다. **샤슬릭**—'샤슬릭'이라는 말은 단순히, 구웠다는 뜻이라 생각한다. '샤슬릭'으로 말하자면 특히, 여행 중이거나 요리 도구가 부족할 뿐 아니라 부엌 자체가 없는 지역인 경우, 이보다 더 만들기 쉽고 편한 것은 없다. 이것은 아무 데서나 잡아 잘게 토막낸 양고기나 안심을 하루 동안 소금에 절여, 시간이나 여건이 된다면 식초·잘게 썬 양파·소금·후추에 재어, 나무 꼬치에 꿰어 만들며, 넓게 편 숯 위에서 돌려 가며 구운 고기에 소금과 후추를 뿌려 내는 것이다. 식탁에 낼 때에는 그 위에 투툽허브의일종을 아주 조금 뿌려 주면 훌륭한 요리가 완성된다.

아르메니아 사람들의 탄생, 결혼, 죽음이라는 인생의 주요 삼막에 대해 살펴보려 한다면, 이제 우리는 다음과 같은 것을 알 수 있다.

탄생: 아기가 한 명—딸일 때보다 아들일 때 기쁨은 항상 더 큰 것인데—태어나면 사람들은 산모의 침대 주위에, 특히 어머니와 여자 친구들을 모이게 하여, 아기를 위한 큰 잔치를 열어 준다. 그 다음 날 사제가 집으로 와서 아기에게 성수를 가볍게 뿌려 준다. 한두 달이 지나면 아버지는 외출하여 얼굴이 마음에 드는 소년을 한 명 찾아내고는, 모르는 사이인데도 그 아이에게 자기 집까지 따라와 달라고 사정한다. 그 낯선 아이는 왜 그러는지 알아채고 절대 거절하지 않는다. 그 젊은이는 아기를 팔에 안고 교회로 데려간다. 집 안에 있던 일가친척들과 친구들은 모두 뒤를 따라간다. 교회에서는 아기를 미지근한 물에 씻기고, 사제는 아기 이마에 올리브 기름을 묻히며, 붉은 끈과 흰 끈을 돌돌 말아 목걸이 형태를 만들어 아기 목에 걸고는, 그것을 작은 양초 덩어리로 봉인하고 그 위에 압인을 찍어 십자가의 각인을 남긴다. 오래 사용하여서, 아니면 우연히 부서질 때까지 아이는 그

끈을 간직한다. 어머니는 아기가 세례를 받아야만 침대에서 나온다. 대부^{大父}는 아기를 데리고 돌아와 어머니의 침대에 조용히 뉘어 둔다. 어머니는 그날서부터 일어날 수 있다. 사람들은 식탁에 앉아 저녁식사를 한다.

그러나 이 식사에 사용된 모든 도기와 유리그릇들은 깨 버린다. 아기가 태어난 다음 해의 첫 설날, 대부는 재산 정도에 따라 아기 어머니에게 선물을 보낸다.

결혼: 결혼은 항상 약혼식이 선행되어야 한다. 정해진 약혼식 날 약혼녀의 집은 부모와 친구들, 특히 여자 친구들로 북적인다. 한편 약혼자는 자기 부모와 친구들과 함께 미래의 처가로 가서 청혼을 하고 선물을 한다. 약혼자들의 예법에 맞춰 1주일이나 보름이나 한 달 후에 결혼식이 거행된다. 결혼식 날 남편 될 사람이 유사한 행렬을 거느리고 비슷한 무리들 속에 있는 신부를 데리러 다시 온다. 각자는 손에 양초를 하나씩 들고 교회를 향해 행진해 간다. 교회의 문은 닫혀 있다. 대가를 치르면 교회 문이 열린다. 사제는 미사를 올린다. 신랑신부는 반지를 교환하고, 대부가 머리 위에 잡고 있는 십자가 아래서 십 분간 고개를 숙인다. 사제는 그들 각자의 이마에 화관을 씌워 주고, 부부는 아내의 집으로 가지 않고 남편의 집으로 간다. 거기서 사흘 낮 사흘 밤 동안 축제와 잔치가 벌어지는데, 신랑과 신부는 이마에 화관을 쓴 채로 있어야 하며, 둘 다 단 한순간도 잠드는 것이 허락되

지 않는다. 세번째 날, 사제는 군도로 무장한 두 젊은이를 뒤따르게 하고 다시 나타난다. 젊은이들은 군도의 날 끝으로 부부 머리 위의 화관들을 치워 준다. 그때서부터 사람들은 부부를 홀로 남겨 두어 그들이 잠자리에 들 수 있게 한다. 아내는 외출하지 않고 집안 사람들 외에는 아무도 만나지 않고, 일 년을 집에 머문다. 일 년이 지나면 신부의 옛 여자 친구들이 온다. 친구들은 행렬을 지어 신부를 미사 올리는 곳까지 데려다 주고, 미사를 올린 후에 신부를 집으로 데려다 준다. 이후 신부는 결혼한 여자들이라는 일반 범주 속에 소속되며, 다른 여자들처럼 외출할 수가 있다.

죽음: 가족——아버지, 어머니, 남자형제, 여자형제 등——중 중요한 일원이 죽으면, 가족 전체가 불려 와서 사후 사흘간 초상을 치르게 된다. 이 초상기간은 일 년간 지속된다. 죽은 자는 앞서 가는 다른 세상에서도 그를 지켜 달라고 부모와 친구들이 부탁하는 내용의 편지를, 그들을 대신해서 지니고 간다. 사흘 동안 집안의 여자들은 울고 탄식하는데, 때로는 가족의 눈물과 탄식이 사자에게 충분치 않을 것을 염려하여 곡하는 사람들을 고용해서, 부모들의 약간 부족하거나 웬만한 수준의 눈물 양에 많은 눈물을 보태게 한다. 여자들이 사흘간 애도하는 기간이 지나면, 앞에서 얘기한 식대로, 나머지 가족과 친구들이 도착하여 사자死者를 찾아 교회로 데려간다. 교회에서는 미사를 올리고, 미사

가 끝나면 사람들은 사자를 묘지로 데려간다. 거기 풀밭 위 구덩이 옆에, 먹고 마시고자 하는 모든 사람을 위해 빵과 포도주 병이 놓여 있다. 사자를 매장하고, 빵을 먹고 포도주를 마신 후에 사람들은 집으로 돌아오는데, 집에는 올리브, 붉은 강낭콩, 절인 생선, 치즈로 이뤄진 두번째 식사가 마련되어 있다. 초상의 표시로 일 년 동안 육식을 금한다.

일 년간 사자의 가까운 부모친척들은 침대가 아니라 바닥에서 잠자며, 의자나 안락의자에 앉지 않고 바닥에 앉아야 한다. 일 년 동안 그들은 수염도 깎지 않고 머리도 빗지 않는다! 보름 동안 여자들은 계속 함께 운다. 가족을 부양하는 남자는 집으로 돌아간다. 매주 토요일이면 사자를 대신하여 사람들은 가난한 자들의 저녁거리를 교회에 보내 준다. 사십 일이 지나면 사람들은 양 세 마리와 암소 한 마리를 산다. 사람들은 양 세 마리와 암소 한 마리를 토막 내어 쌀을 넣고 익힌다. 이것은 가난한 자들을 위한 성찬이다. 사람들은 양 세 마리의 어깨 여섯 쪽과 암소의 어깨 두 쪽을 미리 떼어 낸다. 여기에 삶은 암탉 두 마리, 각 설탕 1파운드, 사탕들, 커다란 포도주 병 하나, 빵 아홉 덩어리를 더하는데, 이는 사제들의 만찬을 위한 것이다. 거기에다 사제들은 양 가죽 세 장, 암소 가죽과 더불어, 사자의 모든 의복과 내의를 가질 권리를 갖는다. 일 년이 지나면 동일한 성찬을 가난한 자들에게 제공하며, 동일한 선물을 사제들에게 한다. 이 한 해

동안 사자의 영혼의 안식을 위해, 미사 한 번에 1프랑을 내며 사십 번 미사를 올린다. 그 후 제삿날에는 다른 집 여자들이 집안 여자들을 데리러 와서 미사에 데려간다. 이것이 그들의 첫번째 외출이다. 이 한 해가 지나가면, 사람들은 더 이상 사자를 생각할 의무가 없다.

이 아르메니아인 가정에서 나와 우리는 타타르인의 가정으로 가 보았다. 거기서 관찰할 것들은 덜 훌륭하긴 하였으나, 그 가정 속으로 들어가는 것은 더 어려웠다. 실제로 타타르인 각자는 자기 집에 규방이 있는데, 제2계급에게는 마호메트가 허락한 정식 부인의 수가 네 명으로 제한되는 만큼 더욱 하렘에 집착한다. 우리가 방문한 타타르인은 소원을 이룬 셈이다. 그러나 네 명의 여자들 중에는 흑인 어린이 두 명을 데리고 있는 흑인 여자가 한 명 있었다. 다른 여자 셋은 그들에게 주어진 만큼의 아이들을 데리고 있었는데, 모두 합치니 일고여덟은 되었다. 이 모두가 달리고 법석을 부리고 개구리처럼 네 발로 뛰다가 도마뱀처럼 가구 속에 슬그머니 끼어들고 하였지만, 모두 우리에게서 떨어져 있겠다는 동일한 감정에 이끌려 움직였다. 네 여자들은 자신의 가장 좋은 패물을 착용하고 벽 구석에 한 줄로 선 채 꼼짝 않고 있었는데, 그녀들 공동의 남편이 기병대 앞의 하사관처럼 앞에 서서 그녀들을 지켜 주고 있는 모양이었다. 이 모두가

12제곱피트의 작은 방 하나에 숨겨져 있었는데, 가구라고는 단지 큰 장의자 하나와, 『천일야화』에서 그렇게 자주 등장하던, 상품을 운반하고, 특히 애인들을 숨기는 데 사용되던 자개 박은 큰 나무상자들뿐이었다. 몇 분 후 우리는 일부다처제가 주는 행복과 하렘에서의 향락에 대해 존중의 뜻을 표시하고 나서, 회교도들이 누리는 천복에 싫증이 났으므로 질소와 탄산이 덜 섞여 있는 외부의 공기를 마시러 바깥으로 나왔다.

우리의 본부를 설치한 스트루베 씨의 집으로 돌아오니 투메인 왕으로부터 소식이 와 있었다. 우리에게 전하는 인사말들과, 우리가 그 다음 다음 날인 10월 29일에 오면 정말 기쁠 것이라는 것, 그리고 우리에게 베풀어 줄 축연의 계획들이 그 내용이었다. 게다가 우리는 원하는 만큼 사람들을 초대해도 좋다고 하였다. 아스트라한에서 우리가 아는 사람들은 전혀 없었으므로 우리는 스트루베 씨에게 마음대로 초청해 달라고 부탁하였다.

이튿날은 하루 종일 약속이 잡혀 있었다. 볼가 강의 새 둑의 첫번째 말뚝에 세번째로 망치질을 하는 영예가 나에게 주어졌다. 사령관과 지사가 당연히 처음의 두 번을 때리는 것이다. 이 의식 앞에는 섬에서의 사냥대회가, 그 뒤에는 볼가 강에서의 낚시질이 예정되어 있었다. 마쉰 대장은 이 소풍에 마음대로 사용하라고 큰 배 한 척을 제공해 줬다. 바로 이 배가 그 다음 날 오전 일곱 시면 난방이 되어 있을 것이고, 우리를 투메인 왕의 궁으로 데려갈 것이다. 이보다 더 잘 아스트라한을 안내하며 우리를 환대할 수는 없었다.

이 이중의 계획이 잡히던 날 우리는 대장 집에 저녁식사 초대를 받았다. 우리는 이 식사를 좀 초조하게 기다렸다. 그날 스트루베 씨는 우리에게 기선 한 척을 내주어서 카스피 해를 거쳐 데르벤트Derbent와 바쿠Baku까지 우릴 데려가 주겠다는, 약간 조심성 없는 제의를 감행하게 된다. 우선 식사는 훌륭하였고 우리의 부탁은 수용되었다는 말부터 먼저 하겠다. 그러나 내가 보기에, 기선 부분에서 대장은 약간 당황한 듯싶다. 스트루베 씨에게 이 점을 알려 주자, 그는 내가 틀렸다면서 나를 안심시켜 주었다. 여행은 '트루프만 호'를 타고 갈 예정인데, 러시아 해병의 포경선인 이 배가 마잔다란 해안으로 떠났다가 돌아오지 않아 하루하루를 기다리고 있었던 것이다.

다음 날, 오전 여덟 시에 우리는 사냥도구 일체를 싣고 배를 탔다. 섬에서 꿩을 찾을 수 있을 거라고 누군가 우릴 안심시켰다. 우리는 거의 20베르스타를 가야 했다. 이것은 한 시간 반가량 걸리는 일이다. 그러나 말뚝 행사는 정오에야 있을 것이므로, 우리는 배를 옮겨 타고 사냥에 나섰다. 나리들은 부대와 성직자와 함께 엄숙하게 도착할 터이다. 두 시간 반 동안 열심히 사냥을 하였더니, 종달새 한 마리 몰아내지 못하였는데도 우리 키를

3~4피트 너머 웃자란 갈대에 양손과 얼굴은 엉망이 되었다. 낮 12시 정각에 우리는 행사가 열릴 장소로 돌아가 있었다. 사냥으로 죽인 새는 모두 다 해서 소리개 두세 마리와 새매 대여섯 마리였다. 이 새들을 보니 왜 꿩이 없는지 이해가 갔지만, 이것들로 꿩을 대신할 수는 없었다.

강변에서 가장 높은 지점에 연단이 세워졌다. 이 위치에서는 새 강둑이 이어질 길들을 곧바로 굽어볼 수 있었다. 한 발의 대포소리가 아마 러시아 성직자 중 어떤 명사가 집전하게 될 미사의 시작을 알렸다. 제식 집행자들의 옷은 훌륭했다. 우리는 병사들이 둘러싼 첫번째 원과 국민들이 만든 두번째 원에 갇힌 채 미사에 참여했다. 이 두번째 원은 칼미크인과 타타르인과 러시아인들로 만들어진 것이다. 대다수를 차지하는 칼미크인과 타타르인은 단순히 호기심으로 거기 온 것이며, 타타르인들은 마호메트 교도이고 칼미크인들은 달라이 라마를 신봉하므로, 그들은 종교의식과는 무관하였다. 구경꾼들 중 6분의 1에 지나지 않으며 양가죽 겨울옷과 쿠마Kuma풍 셔츠로 구분되는 사람들이 러시아인들이었다.

그런데 이 세 종족은 의복과 생김새로 보니 명확히 구별되는 외관을 하고 있었다. 우리가 보았듯이 러시아 사람들은 양가죽 겨울옷, 쿠마풍 셔츠, 장화 속에 쑤셔 넣은 통 넓은 바지를 입고 긴 머리칼과 긴 수염을 하고 있었다. 그들의 눈빛은 부드럽고 인

내심 강해 보였으며, 붉은 피부색에 하얀 치아였다. 타타르인들은 눈빛이 번쩍였고 머리는 면도로 밀었으며 콧수염은 쓸어올렸고 치아는 하얗다. 그들은 '파꾁'아스트라한 지역의 챙 없는 모자을 쓰고 가슴 부분에는 탄약통이 달린 외투를 입고 장화 위로 떨어지는 폭 넓은 바지를 입고 있었다. 칼미크인들은 피부가 노랗고 두 눈은 한쪽으로 치켜 올라갔으며 머리카락과 수염은 숱이 없어 조금씩 드문드문 퍼져 있고, 몸에 달라붙는 작업복과 넓은 바지를 입고 있었다. 일반적으로 그들은 폴란드의 창기병 모자처럼 위에서 보면 평평하고 네모지고 누르스름한 챙 없는 모자를 쓰고 있었다. 칼미크인들을 다른 민족들과 특별히 구별 짓게 하는 것은 그 행동의 겸양, 표정의 온화함이다. 러시아인들은 온화할 뿐인데 칼미크인들은 겸손하다.

사람들은 어떤 쌍둥이 형제들의 닮음, 예를 들어 리요네 형제들의 닮음에 대해 이야기할 수 있을까. 이들을 예로 든 것은 사람들이 다 아는 사람이기 때문이다. 그런데 쌍둥이인데도 아나톨 리요네는 이폴리트 리요네를 닮지 않았고, 이폴리트 리요네는 아나톨 리요네를 닮지 않았다. 그러나 첫번째로 본 칼미크 사람은 친척도 아닌데도 다른 모든 칼미크인들과 닮았다. 다음의 사실을 알게 되면 닮음에 대해 다시 생각해 볼 수 있을 것이다. 현재 권좌에 있는 왕의 종조부 투메인 왕은 1814년 침략기에 차르 알렉산드르 2세를 따라 파리에 왔다. 그는 이자베Jean-

Baptiste Isabey에게 자기 초상화를 그리게 하고 싶었다. 이자베는 잘 그리고 싶다는 집착이 아주 강하여, 통상 모델들에게 여러 번 포즈를 취하게 한다. 열두번째 아니면 열다섯번째 모델을 서야 했을 때 그는 투메인 왕이 지루해하고 있음을 눈치챘다. "전하, 지루하신가요?" 화가는 통역을 통해 물었다. "대단히 재미있지는 않다고 하지 않을 수 없네." 왕은 같은 통역을 통해 대답했다. "그럼 전하의 수행원들 중에 제일 먼저 나타나는 자, 전하께서 원하는 자를 제게 보내 주십시오. 전하를 따라 그리는 대신 그를 모델로 전하의 초상을 완성하겠습니다. 그래도 결과는 똑같을 것입니다"라고 이자베는 말했다. 투메인 왕은 자기 대신 칼미크인 한 명에게 포즈를 취하게 하였고, 자신과 완전히 비슷한 초상화를 얻었다.

대포가 발사되는 가운데 미사가 끝나자 포격은 멎었고 음악을 연주하기 시작하였다. 음악 소리에 맞추어 마쉰 대장이 경사지를 내려와서 말뚝에 첫번째 망치질을 했다. 그에 이어 스트루베 씨가 내려와 두번째 망치질을 했다. 나는 지사에 뒤이어 세번째 망치질을 했다. 망치질을 할 때마다 대포가 울렸다. 그 사이에 음악이 연주되었다. 사람들이 참석자들에게 빵과 포도주와 절인 생선을 나눠 주었고, 둑막이 행사는 풀밭 위에서 러시아인, 칼미크인, 타타르인들이 우애 좋게 나누는 거대한 회식을 마지막으로 끝났다. 러시아인들과 칼미크인들만 술을 많이 마셨다.

회교도인 타타르인들은 볼가 강물도 마다 않고 마시며 목을 축였다. 그 물은 우리의 음료로는 적합하지 않았을 것인데, 칭기즈 칸이나 티무르의 후손들에게는 전혀 싫지가 않은 듯하였다.

칼미크에서

슈베 상점의 진열창에 가면 길이가 보통 5~6피트, 때로는 7~8 피트에 이르기도 하며, 맛있는 살은 고기와 비슷하고 학명은 '스투리오'sturio, 통칭 철갑상어라 하는 물고기를 꼭 볼 수 있었다. 살 부분 말고도 식도락가들이 먹어 볼 가치가 있는 것으로 철갑상어에서는 캐비어와 베지가라는 두 가지를 더 얻을 수 있다. 그런데 이 물고기는 우리 서양 바다에는 아주 귀하게 나서 슈베 진열창에 있다는 것이 사건이 될 정도인데, 네덜란드에서 청어가 흔한 정도로 카스피 해에서는 흔하다. 그래서 염장한 물고기뿐 아니라 캐비어와 베지가로써 러시아를 먹여 살리는 것이 볼가 강의 막강한 어업이다. 이것들은 러시아인들과 일반적인 모든 동양 사람들, 타타르인, 페르시아인, 그루지야인, 아르메니아인들이 대단히 즐기는 요리다.

이 어업은 세 기간으로 확연히 구분된다. 첫번째는 삼월 말부터 오월 중순까지, 다시 말해 해빙기에서 만조까지 망라하는 기간이다. 특별히 이 첫째 시기는 알을 가장 많이 배고 있는 때라 캐비어 기라 한다──캐비어는 철갑상어 알이며, 베지가는 그 척수다. 더불어 평범한 요리사들의 사랑을 특히 많이 받는 부레 풀을 여기서 부수적으로 얻는데, 이것을 이용해 요리사들은 눈으로 보면 투명하지만 식사의 끝 무렵이면 접시 속에서 미끄덩거리는 그 지겨운 딸기, 럼주, 버찌술 젤리를 당신들에게 자랑스레 차려 내는 것이다. 두번째 고기잡이는 칠월과 팔월에 이뤄지는데, 이는 다시 말해 해수가 평상시의 높이를 되찾고 물고기는 산란 후 바다로 되돌아오는 시기다. 세번째 시기는——이때를 노려 우리가 도착한 것인데——구월에서 시월 사이다. 이 시기에 볼가 강에서는 철갑상어 외에도 돌고래러시아 철갑상어와 세르브리우가 철갑상어별가슴 철갑상어를 잡을 수 있다.

사실 정월에서 이월 사이 네번째 어획기가 있기는 하지만, 이때는 아주 위험하다. 카스피 해 연안이 얼어붙는 관계로 정착 어부들은 일거리가 없게 되어, 위험을 무릅쓰고 연안에서 10, 15, 20킬로미터까지 원정을 간다. 그때는 말 한 마리만 끄는 썰매를 타고 두 명씩 함께 떠나간다. 그들은 2,500~3,000미터에 이르는 어망을 함께 가져가서 얼음 아래 설치하고, 온갖 종류의 물고기, 심지어는 바다표범까지 잡는다. 그런데 강력한 북풍이 가끔씩 일어나서 난바다로 얼음덩어리들을 휘몰아 간다. 운 나쁜 어부들은 먹을 것이 충분히 있어도 별 수 없이 죽음을 맞게 된다. 카스피 해가 더 이상 얼지 않는 위도 상에 도달해서, 즉 데르벤트나 바쿠라는 고위도에 도착해서 그들은 자신을 떠받치고 있는 얼음덩어리들이 차차 녹는 것을 보게 되고, 난바다에 침몰하는 선박 위의 선원들과 같은 처지가 되기 때문이다. 그러나 예를 들어 바람이 기적처럼 방향을 바꾸어, 이미 남쪽으로 수 마일 떨어져 내려온 빙하를 해안 쪽으로 밀어붙이는 경우들도 있다고 한다. 게다가 사고는 부주의한 자나 초심자들에게나 일어난다고 어부들은 주장한다. 본능적으로 위협이 느껴지면 말은 주인에게 위험하다고 알려 준다. 바람이 다가올 방향으로 코를 두고 있다가, 이 고귀한 짐승은 콧구멍을 넓혀 대기의 변화들을 냄새 맡아서, 제때에 수레에 매달면, 알아서 전속력으로 해안 쪽으로 되돌아가는 것이다.

우리는 볼가 강에서 가장 중요한 어업기지 중 하나에 도착했다. 어부들의 유일한 정착촌은 약 백 채 남짓한 집들로 작은 마을을 이루고 있었다. 어부들은 아침서부터 연락을 받아, 고기몰이를 나가지 않고 그 행사를 위해 우리를 기다리고 있었다. 각각 15센티미터 깊이로 박은 수직의 들보들로 이뤄진 거대한 둑이 물고기들이 그 시기에 본능에 의해 볼가 강을 거슬러 올라가는 것을 막고 있었다. 강과는 비스듬한 방향으로 3미터, 3미터 폭으로 밧줄들을 잡아당겨 놓았다. 말뚝으로 고정시켜 놓은 이 밧줄들에는 아주 날카로운 작살과 쇠사슬이 매달려 있었다. 나의 처음 생각과는 달리 작살에는 미끼가 달려 있지 않았다. 이것들은 깊이가 서로 다른 두 개의 물 사이에 떠 있을 뿐이었다. 지나가는 물고기들은 이 작살 중 하나에 걸려들고, 계속 빠져나가려고 노력을 하지만, 고통 때문에 꼼짝 못하게 된다. 배를 타고서 이 밧줄들을 모두 따라가며 사슬들을 모두 쳐들어 본다. 물고기가 한 마리 걸렸으면 무게로 느낄 수 있다. 그때 어부들은 수면 위까지 고기를 끌고 오면 된다. 이건 아주 쉬운 일이다——그러나 바로 여기에서부터 투쟁이 시작된다. 700~800파운드 나가는 돌고래인 경우 이 괴물을 제어하기 위해서는 때로 대여섯 채의 배와 여덟에서 열 명까지 사람이 필요하다. 한 시간 반 만에 우리는 온갖 크기의 물고기를 120~130마리 정도 잡았다.

이 어로 행위를 마친 후에 사람들은 고기들을 일종의 도살장 같은 곳에다 모으고는, 캐비어와 척수와 지방의 채취를 시작한다. 8천에서 9천 명의 노동자와 3천 대의 소형 보트와 함께, 250명의 바다표범잡이 어부를 종사시키는 일 년간 조업의 어획고는 평균해서, 일반 철갑상어 4만 3천~4만 5천 마리, 별가슴 철갑상어 65만~66만 마리, 돌고래 2만 3천~2만 4천 마리 등이다. 이 물고기 총량에서 근사치로——근사치라고 하는 것은 이런 것은 계산이 정확할 수 없다는 것을 다들 알 것이기 때문인데——37만 5천~38만 킬로그램의 캐비어, 1만 9천~2만 킬로그램의 척수, 2만~2만 1천 킬로그램의 어교魚膠를 얻는다.

이 불쌍한 짐승들에서 캐비어와 척수와 어교를 채취하는 것을 구경하는 일보다 더 끔찍한 일은 없을 것이다. 우리는 죽지 않으려고 완강하게 버티는 큰 어류들의 생명력에 대해 알고 있다. 8~10피트 길이에 이르는 것들은 배를 열어 캐비어를 제거해 놓아도 뛰어오르고 하다가, 척수를 제거하면 마지막 사활의 노력을 한다. 러시아인들이 그토록 좋아한다는, 그래서 러시아의 전역으로 보내서 파테를 만들어 먹는 그 척수 말이다. 마지막으로 추출 작업이 끝나면 고래들은 움직이지 않고 가만히 있는다. 비록 심장은 고래 육체에서 분리된 지 반 시간 이상 계속해서 더 뛰고 있지만. 이 수술 같은 작업은 각 물고기마다 십오 분이상 지속된다. 말할 필요 없이 끔찍한 광경이다!

사람들은 잡힌 것 중 가장 큰 철갑상어에서 채취한 캐비어를 우리에게 대접했다. 이 짐승 자체는 300~400킬로그램에 상당했고 캐비어는 약 10파운드 무게의 들통 여덟 개를 채웠다. 캐비어의 반은 소금에 절였고 반은 신선하게 먹었다. 신선하게 먹을 것은 티플리스그루지야의 수도 트빌리시의 옛 이름로 갈 때까지 그 상태가 유지될 수 있어서, 여행 내내 우리는 그걸 선물로 주곤 했다. 염장한 것은 프랑스까지 가져가서 나눠 주었지만, 키즐랴르, 데르벤트, 바쿠에서 같은 선물을 했을 때 사람들이 감격했던 것만큼은 반응이 썩 대단치 않았다.

가장 인색한 러시아인이라 하더라도 미친 듯 돈 쓸 준비가 되어 있는 것 두 가지가 있는데, 그 하나는 캐비어고 또 하나는 보헤미아 여자다. 나는 모스크바에 있었던 보헤미아 여자들 이야기를 해야 했다. 러시아 양가 자제들의 재산을 몽땅 집어삼키는 이 마녀들에 대해서는 너무 사소한 것들만 기억에 남았기 때문에, 모스크바의 진기한 것들을 이야기하느라 그건 다 잊어버렸다고 고백해야겠다.

오후 네 시에 누군가가 증기선이 왔다고 알려 왔다. 우리는 우리의 캐비어 여덟 통으로 그득한 그 배를 보았지만, 십중팔구 미리 명령을 받았을 우리 어부들에게 그 대가로 아무것도 안 받도록 하는 것도 우리로서는 불가능한 일이었다. 그날은 힘이 들었다. 그래서 스트루베 씨가 꼭 자기네 집으로 가자고 간청하였음에도 불구하고 우리는 사포즈니코프 댁으로 돌아가서 저녁식사와 우리의 침대(!)를 기다렸다. 우리의 경찰청장이 침대 수배에 나선 결과 좋은 소식이 있었기 때문이다. 우리는 대충 다 각자의 침대 하나씩 갖게 됐다. 왜 대충이라고 말하냐면, 무아네 씨는 매트와 방석, 시트 하나씩만 받았기 때문이다. 10~12도 기온의 추위와 싸우려면 적당해 보이는 것으로 자기 시트 외에 하나를 더 얻었어야 했다. 감고 뒹굴 시트가 하나 있을 때에 시트 두 개는 필요 없다고 판단한 것이다. 그런데 무아네 씨의 시트는 자루처럼 바느질이 되어 있었고, 머리와 발이 쉽게 움직일 수 있도록 위 끝부분과 아래 끝부분만 틔어 있었다. 내 침대는 일종의 작은 침대이고 이불이 있어서 무아네 씨 것보다 더 좋았다. 그러나 두번째 시트는 그에게처럼 쓸데없다고 생각되었다. 너무 쓸데가 없어서 매일 저녁 그것은 손수건처럼 깨끗이 개인 채 놓여 있었다.

그 다음날 오전 여덟 시 증기선 베르블리우 호가 우릴 기다리고 있었다. 우리 배로 거기 다가가자마자 또 다른 배가 해안에서 다가오더니 스트루베 씨가 보호 중이던 부인 네 명 모두를 우리에게 데려다 주었다. 여자분들 중 한 명은 투메인 왕비의 자매, 그루스카 공주였다. 유럽식으로 옷을 입어 중국 출신이라는 흔적은 얼굴에 거의 없었다. 아스트라한의 기숙학교에서 교육받아 러시아어를 배운 그녀는 자매를 방문하기 위해 우리에게 베풀어진 잔치를 이용한 것이다.

나머지 여자 손님 세 명은 바쿠 주둔지 장교의 아내 피에트리젠코프 부인과, 마잔다란에서 돌아오면 우리가 사용할 수 있도록 허가 받았던 앞서 말한 트루프만 호에 승선한 해군대위의 아내, 카트린 다비도프 그리고 브루벨 양이었다. 브루벨 양의 아버지는 러시아의 충직한 장군으로 캅카스에서 대단히 명성이 높았으나 몇 달 전에 사망하여서, 그녀는 아직 상중이었다. 스트루베 씨가 우리에게 베풀었던 야유회에서 이미 만난 적이 있는 이 세 여자 손님들은 프랑스 여자들처럼 프랑스어를 말하고 쓸 수 있었다. 장교의 부인이며 딸이라는 신분 때문인지 이 여자 손님들은 군대에서처럼 행동거지가 빈틈이 없었다. 칼미크 왕비로 말하자면, 기숙학교의 종은 그녀를 일곱 시면 깨웠다 한다.

이 숙녀들은 내가 말했듯이 기본 교육을 철저히 받았을 뿐 아니라 프랑스 문학도 훤히 꿰고 있었다. 그러나 그녀들은 우리 작품들만 잘 알았지 지은이들에 대해서는 잘 몰랐다. 그래서 내가 발자크, 라마르틴, 빅토르 위고, 알프레드 드 뮈세 등 프랑스의 모든 시인과 소설가들까지 다 얘기해 주어야 했다. 나이가 많아야 기껏 스물두 살인 이 젊은 여자들이 프랑스 최고의 작가들을 얼마나 정확한 감식안으로, 말하자면 문학적 본능으로 잘 판단해 내었을지는, 알 수 없는 일이다. 물론 나는 여기서 러시아어를 겨우 좀 알 뿐이고 프랑스어는 더 서툴러서 그 대화에서 완전히 동떨어져 있었던 그루스카 공주는 전혀 언급하고 있지 않다.

나는 볼가 강 연안들에 대해 알고 있었고 사람들이 한 번 구경했을 때 우리는 열 번이나 구경했으므로, 나를 환영해 준 그녀들의 호의를 받아들여 여자 손님들과 함께 선실에 남아 있을 수 있었다. 얼마나 항해 시간이 지났는지 모르지만, 높은 계단 위에서 누군가 우리에게 "도착했다!"라고 외쳤을 때, 나는 아스트라한에서 겨우 10베르스타 와 있는 줄 알았다. 사실 우리는 유속이 꽤 빠른 강을 거슬러 올라가면서 두 시간 반 동안 35~40베르스타의 속도로 가고 있었으니, 아주 천천히 나아갔던 것이다. 우리는 항구 위로 올라갔다.

볼가 강의 우안은 4분의 1리유 되는 거리에 걸쳐 온갖 성별,

나이, 색깔의 칼미크인들로 가득 차 있었다. 선창은 깃발들이 드리워져, 우리가 보니 네 개의 포로 이뤄진 왕의 대포가 발포된 것 같았다. 우리의 기선은 두 발의 작은 포를 쏨으로써 거기에 응답했다. 우리는 선창의 높은 곳에서 우릴 기다리고 있던 왕을 알아볼 수 있었다. 그는 국가를 대표하는 복장, 다시 말해 작은 단추들을 촘촘하게 채운 흰 프록코트와 폴란드 창기병의 것과 비슷한 모자와, 통 넓은 붉은 바지에 모로코 가죽으로 만든 장화를 착용하고 있었다. 창기모와 장화는 노란색이었다. 나는 미리 격식을 알아 놓고 있었다. 나를 위해 열린 축제였으므로, 나는 왕에게 곧바로 다가가 두 팔로 그를 안고 그의 코에 내 코를 문질러야 하는 것이었다. 그건 "오래오래 융성하시길 빕니다!"라는 뜻이었다. 왕비로 말하자면, 그녀가 손을 내게 내밀면 그건 그녀에게 입 맞추어도 좋다는 뜻이다. 그러나 그건 아주 드물게만 베푸는 은혜라고 사람들은 내게 알려 주었다. 그런 은혜를 바랄 수는 없으므로 나는 미리 체념하고 있었다.

선박은 선창의 5~6미터 앞에서 멈췄고 나는 대포의 이중포화를 받으며 내려갔다. 내가 할 일을 사람들이 미리 알려 주어서, 나는 스트루베 씨도 부인들도 신경 쓰지 않고 선창의 계단을 무게 있게 올라갔는데, 그동안 왕은 나처럼 무게 있게 계단을 내려왔다. 우리는 가운데서 만났다. 그는 나를 양팔로 안고, 나는 그를 양팔로 안으며, 날 때부터 칼미크 사람인 것처럼 나는 내 코를 그의 코에 대고 비볐다. 나는 요령껏 잘했다고 자신하는데, 아주 근거 없는 자신감은 아니었다. 칼미크인의 코는 우리 생각처럼 얼굴에서 그리 돌출한 부분이 아니어서, 두 개의 불쑥 나온 벽처럼 코를 보호하고 있는 뼈로 된 두 융기물 사이에서 코를 찾아낸다는 것은 쉬운 일이 아니었다. 왕은 애써 내가 인사하는 일을 도와주었고 이어서 스트루베 씨를 맞았지만, 코를 부비지 않고 다만 악수를 한 번 했을 뿐이다. 그러고 나서 왕은 자기 처제를 안았는데, 그녀를 모시고 있던 부인들에게는 다만 가벼운 눈길만 주며 지나갔다. 동양의 모든 여자들처럼 칼미크의 여자들은 그 나라의 신분등급상 하찮은 위치를 차지하는 것 같았다.

투메인 왕은 서른에서 서른두 살가량의 남자로, 키는 크지만 약간 통통하고 발은 아주 짧고 손도 아주 작았다. 칼미크인들은 늘 말을 타고 있으므로 발은 자라지 않으며, 언제나 말의 등자에 몸을 기대고 있으므로 키가 크더라도 또 그만큼 비만한 것이다. 칼미크의 전형적 스타일은 왕에게도 아주 뚜렷하였지만 투메인 왕은 유럽인으로 쳐도 멋진 얼굴이었다. 그의 육체는 강건해 보였고 머리칼은 검고 윤기 나며, 수염은 검었으나 아주 듬성듬성했다. 모든 사람이 배에서 내렸을 때 그는 머리에 모자를 쓰고 내 앞을 지나갔다. 알다시피 동양에서는 손님 앞에서 모자를 벗지 않는 것이 손님을 존중하는 것이다.

강변에서 성까지는 겨우 200피트 거리였다. 단검과 탄약통과 은으로 장식한 군도를 차고, 칼미크 복장을 한 약 12명의 장교들이 활짝 열어젖힌 두 문짝의 좌우에 서 있었다. 정문에서 출발하여 왕과 나 우리 둘은 나란히, 신하의 우두머리 같은 자를 앞세우고 걸었는데, 그 신하는 하얀 지팡이만 있으면 폴로니어스『햄릿』의 등장인물로 오필리어의 아버지이며 클라디우스 왕의 권신 역이라도 거뜬히 해낼 것 같았다. 우리는 마침내 어떤 열린 문 앞에 도착했다. 신하는 그 문을 두드렸다. 그러자 누가 그랬는지 보이지는 않았지만 경첩을 사용해서 문이 안쪽으로 열렸다. 우리는 왕비와 궁녀들을 마주보게 되었다. 왕비는 일종의 옥좌 위에 앉아 있었고, 그 오른쪽과 왼쪽에 각각 여섯 명의 궁녀들이 무릎을 꿇고 조아리고 있었다. 이 모두가 탑신에 조각된 조상들처럼 부동자세였다.

왕비의 의상은 훌륭하고도 독창적이었다. 수단繡緞으로 짠 페르시아 천의 드레스 위에, 무릎까지 내려오는 웃옷을 걸쳐 입었다. 웃옷의 앞부분은 완전히 열어 놓아 가슴옷이 드러나 보였는데 모두 진주와 금강석으로 수놓였다. 남자들의 옷깃처럼 재단한 흰 삼베 동정으로 왕비의 목은 조이게 하였고, 앞부분은 굵은 진주 두 알로 여며졌다. 머리에는 네모진 보닛 모자를 쓰고 있었는데, 윗부분은 염색한 붉은 타조털 같은 것으로 되어 있고, 아랫부분은 양쪽으로 갈라 초승달 모양으로 도려내어 이마가 드러나도록 하였다. 아랫부분은 한쪽은 목이 시작되는 부분까지 내려오고, 다른 한쪽은 귀의 높이에서 젖혀져 있어서, 최고의 멋쟁이들이 요란스럽게 치장한 모습을 빚어내고 있었다. 미리 서둘러 말하겠는데, 왕비는 겨우 스무 살이었고, 중국 사람 같은 그녀의 두 눈은 매혹적이었으며, 완전히 오똑하지 않다는 단점만 빼면 나무랄 데라곤 없는 코 아래에는 입술이 벌어져 있었는데, 주홍빛 두 입술은 진주들을 감싸고 있고, 그 하얗기로 말하자면 가슴옷에 장식된 진주들이 부끄러워해야 할 정도였다. 우리 관점에서 칼미크 왕비가 아름다울 것이라 상상하였던 것만큼이나 그녀는 아름다웠다고 고백하겠다. 그러나 어쩌면 그 아름다움은 민족 고유의 미인형보다는, 오히려 우리의 미적 기준에 가까운 것인지라, 칼미크에서는 저평가받는 것이다. 그러나 왕이 왕비를 아주 사랑하는 듯 보여, 나는 그러한 평가를 믿지 않았다.

왕비 옆에는 투메인 왕의 첫번째 결혼에서 태어난 대여섯 살쯤의 소년 하나가 칼미크 젊은이의 복장을 하고 서 있었다. 순전히 문안 드리려는 목적으로 내가 왕비에게 다가가자, 그때까지 부동이었던 조각상은 하얀 레이스 장갑 낀 작은 손을 움직이고 내밀어, 내게 입 맞추게 하였다. 이 기대치 못했던 은혜를 입자 내가 더할 나위 없이 기뻤음은 말할 필요가 없다. 예법상 필요한지도 몰랐지만 나는 바닥에 무릎을 꿇고, 약간 갈색이지만 경탄스럽도록 예쁜 작은 손에다 공손히 내 두 입술을 닿게 하면서,

남자와 여자를 대하는 격식이 다름을 유감으로 생각했다.

열두 명의 궁녀들은 움직이지 않고 여섯은 왼쪽에서 오른쪽으로 여섯은 오른쪽에서 왼쪽으로 곁눈질하여, 눈으로만 나를 감시하고 있었다. 그때 우리 여행단이 들어왔다. 네 여자 손님들을 보자 왕비는 일어섰고 마치 용수철에 튕겨 나가듯 열두 명의 궁녀들은 무릎을 꿇었다. 왕비는 자매를 부드럽게 안고 칼미크 말로 우리 여자 손님들에게 치하의 말을 하니, 왕은 이를 그들에게 러시아 말로 통역해 주었고, 스트루베 씨는 내게 프랑스어로 통역해 주었다. 그 치하는 대략 다음같이 이해할 수 있었다. "하늘에는 함께 떠 가며 어둠 속에 빛나는 일곱 개의 별이 있다. 그러나 그대 셋에게 이르노니 그대들은 하늘에 떠 있는 일곱 개의 내 별들 못지않게 빛나도다." 나는 부인들이 무어라 답했는지는 몰라도, 왕비의 은유에 필적할 만한 것을 찾아냈을지 의심스럽다. 치하가 끝나자 왕비는 자매를 자기 곁, 아이가 서 있는 맞은편 자리에 오게 하고, 세 여자 손님들은 소파 위에 앉게 하고 자신은 옥좌에 앉았다. 열두 명의 궁녀들은 완벽한 조화를 이루며 단 한 번의 동작으로 다시 조아리고 앉았다.

왕은 아내 앞에 서서, 달라이 라마가 자신에게 보낸 고귀한 손님들을 영접하면서 수고롭겠지만 최선을 다해 자신을 도와달라고 부탁하는 의미로, 짧게 연설을 하였다. 왕비는 머리 숙여 우리에게 인사하면서, 남편의 환대하려는 뜻을 돕기 위해 최선을 다할 것이며, 왕께서 명령만 하시면 바로 따르겠다고 대답했다. 그러자, 대성직자에게 부르도록 이미 명을 내렸으며 노래로써 우리의 지복을 달라이 라마에게 구해 달라고 그가 적극 지시한 찬가, 「테 데움」을 듣길 원하는지, 왕은 몸을 돌리며 우리에게 러시아어로 물어보았다. 그보다 더한 기쁨은 없을 것이라고 우리는 답했다. 그러자 왕은 아마 우리를 안심시키려는 듯, "찬가는 짧게 끝날 것이고 이어 바로 식사를 할 것입니다"라고 대답했다. 이 말을 듣자 왕비는 일어서서 문 쪽으로 갔다. 자기 주인과 거의 비슷한 복장을 하고 제복인 듯 똑같은 보닛 모자를 쓰고 있던 열두 명의 궁녀들은 앞서처럼 일어서서는 왕비의 바로 뒤를 따라 걸어갔는데, 그들은 마치 보칸슨18세기 프랑스의 발명가이며 화가. 세계 최초의 진짜 로봇들을 만들었다이 완성한 열두 궁녀들이 걸었음직한 자세였다.

궁전에서 탑까지는 300~400피트만 가면 되는데도, 궁궐 문 앞에는 훌륭한 사륜포장마차 두 대와 칼미크식으로―다시 말해 말의 척추 위보다 1피트 더 높게―안장을 얹은 말 약 스무 마리가 기다리고 있었다. 왕은 나에게 왕비와 함께 사륜마차를 탈 것인지 아니면 자기와 같이 말을 탈 것인지 물었다. 왕비 전하와 같이 간다는 영광이 주어진 이상, 그건 감히 거절할 수 없을 정도로 지대한 영광이라고 왕에게 대답했다. 왕비는 자기 옆에 다비도프 부인을 타게 하고, 스트루베 씨와 나, 우리 둘을 앞쪽에 앉도록 청하였으며, 두 명의 다른 부인과 무아네에게는 두 번째 마차를 내어 주도록 자기 자매에게 시켰다. 왕은 근위병들과 함께 말에 올라탔다.

막대기 위에 올려 놓은 인형들처럼 항상 굳어 있는 열두 명의 궁녀들은 남아 있었다. 그러나 뻣뻣한 자세를 풀라고 통보하는 듯한 왕비의 말이 한마디 떨어지자마자, 그녀들은 기쁨의 탄성을 내며 수단으로 짠 옷을 앞을 뒤로, 뒤를 앞으로 다리 사이로 걷어 올리고는, 각자 말고삐를 잡고 등자를 사용하지도 않고서 뛰어 말 등에 걸터앉았다. 그러고는 편상화만 신었고 종아리를 무릎까지 드러내었다는 사실에 신경 쓰지도 않고, 가장 격렬한 기쁨의 표현 같은 야성의 소리를 내지르며 3배속으로 질주하여 떠나갔다. 우리 동행인들 중 자기의 말을 탄 칼리노와 쿠르노 두 사람은 그들 중 두 궁녀를 꼭 따라가고 싶었으나, 한 명은 성에서 30피트 떨어진 곳에, 다른 한 명은 50피트 떨어진 곳에, 마치 지나온 여정을 표시하도록 땅에 박아 놓은 이정표처럼 머물러 있었다. 나는 말할 수 없이 놀랐다. 그러니까 나는 예상 못했던 복병, 다시 말해 여행자의 이상형을 드디어 만난 것이다!

투메인 왕의 성에서 열린 축제

탑으로 가는 문들은 완전히 열려 있었다. 그러나 사원은 인기척이 없었다. 왕이 말에서 내리는 순간, 그리고 왕비가 마차에서 내리고 나머지 모든 사람들이 사원의 입구에서 발을 딛는 순간, 들어 보지 못한 무시무시하고 엄청난 소리가 들렸다. 전설의 악마 로베르의 지하와 지옥의 나팔 소리는* 차라리 플루트와 오보에의 화음이라고나 할 만큼 비교되는 이 소리는, 주 제단으로 통하는 탑의 주 통로에 마주보고 앉은 약 20명의 악사들이 내는 소리였다. 각자는 심호흡하며 악기를 불거나 힘껏 때리고 있었다. 악기를 때리는 사람들은 바라나 북이나 심벌즈를 치고 있었다. 악기를 부는 사람들은 나팔이나 나각이나 길이 12피트의 거대한 관들을 불고 있었다. 미칠 듯한 난장이었다. 그러니 이 이상한 명인들에 대한 통계 결과가 다음같이 나오게 되는 것이다. 일반 나팔을 부는 자는 평균 6년 건강을 유지한다. 나각을 부는 자는 기껏해야 4년이다. 관악기를 부는 사람들은 2년을 절대 넘길 수 없다. 이 여러 기간들이 지나면 악기를 부는 모든 사람들

---

* 본문 27쪽에 언급한 마이어베어의 오페라 「악마 로베르」를 환기시키고 있다.

은 피를 토한다. 사람들은 그들에게 보조금을 주고 암말의 젖으로 치료하게 한다. 몇몇은 회복되지만, 드문 경우다.

이 악사들 중 누구도 음악을 아는 것은 아니었다. 감으로 즉각 알아채는 것이다. 그들이 아는 모든 것이란 할 수 있는 한 온 힘을 다해 때리거나 부는 것이다. 더 강렬하게 치면 칠수록 달라이 라마를 기쁘게 한다. 악사들의 앞부분, 제단 쪽에 노란 옷으로 성장을 한 대성직자가 페르시아 양탄자에 무릎을 꿇고 있다. 출입구 근처 다른 쪽 끝에는 긴 붉은 장삼을 입고 머리에는 노란 두건을 두른 의식의 책임자가 손에 긴 막대를 들고 섰다. 방울처럼 울리는 그 모든 작은 종들 가운데, 떨리고 있는 모든 심벌즈 가운데, 떨고 있는 모든 바라들 가운데, 치고 있는 모든 북들 가운데, 나각들이 모두 울고 있는 가운데, 노호하는 관악기들 한가운데 있으니, 우리는 마치 메피스토펠레스가 몸소 이끄는 마술사들의 야연에 참석한 것 같았다.

이 연주는 약 십오 분간 계속됐다. 십오 분이 지나자 앉아 있던 악사들이 정신을 잃고 넘어졌다. 서 있었더라면 그들은 뒤로 나자빠졌을 것이다. 나는 스트루베 씨에게 부탁하여 투메인 왕이 그들에게 은혜를 베풀어 주도록 간청하였다. 근본은 훌륭한 사람이며 다만 손님들에게 영광스런 자리를 마련하려고 신하들에게 고통을 주었을 뿐인 투메인 왕은 바로 그 순간 은혜를 베풀었다. 그런데 난장이 끝나자마자 우리는 서로 말을 나누고자 하였지만, 말이 더 이상 들리지 않았다. 우리는 귀머거리가 된 줄 알았다.

그러나 조금씩 귀에서 멍멍한 느낌이 그치고 우리가 잃어버린 줄 알았던 제5의 감각이 다시 살아났다. 그래서 우리는 탑을 자세히 조사하기 시작했다. 자기와 구리, 청동, 금, 은으로 된 모든 인물상들이 아무리 괴상해 보여도, 뱀, 용, 괴물을 그린 깃발들이 아무리 정묘해 보여도, 이 모두보다 내 눈에 가장 충격적이었던 것은 길이 2피트, 직경 4피트는 족히 되어 보이며, 지구의를 둘러싼 황도대의 상징들처럼 주변을 종교적 인물들이 가득 싸고 있는, 거대한 크랭크 오르간의 원통 비슷한 큰 원기둥이었다. 독자들은 이 원기둥이 무엇인지 알아맞힐 수 있을까? ──세비녜 부인[17세기 프랑스의 서간문 작가]이라면 백 가지를 암시할 것이다. 나는 천 가지 암시거리를 줄 수 있다. 그러나 단언컨대, 천 가지를 주어도 독자들은 알아맞힐 수 없을 것이다. 그것은 기도를 만드는 풍차[마니차, 法輪]인 것이다! 이 귀한 기계는 왕에게만 소용된다. 왕이 방심하거나 바빠서 기도드리는 것을 잊는 경우를 미리 고려한 것이다. 한 사람이 핸들을 돌리게 되면, 기도가 이뤄지는 것이다. 달라이 라마는 손해날 것이 없고 왕으로서도 기도하느라 피곤하진 않다. 이 발명품에 대해 독자들은 어떻게 생각하시는지? 보다시피 칼미크인들은 여러분들에게 주입된 것처럼 그렇게 미개한 사람들은 아니다.

칼미크의 성직자와 종교와 관습에 대해 몇 마디 하려 한다. 개종자를 만들어 내는 것이 내 의도는 아니어서 미혹하려는 것이 아니니, 진정하시기 바란다. 칼미크의 성직자들은 분명하게 네 계급으로 나눠진다. 위대한 스님―'박카우'. 일반 스님―'겔렁', 그 아래 스님―'겟줄', 그리고 악사―'만치'. 이 모두는 티베트의 달라이 라마교의 최고 수장에 속한다. 칼미크의 성직자들은 아마 모든 성직자들 중 가장 행복하고 가장 태만한 성직자들일 것이다. 이 마지막 특징에 있어서 그들은 러시아 성직자들도 눌러 이긴다. 그들은 가능한 모든 특권들을 누린다. 그들은 모든 의무가 면제되며, 세금은 전혀 내지 않는다. 성직자들에게 부족한 것은 없는지 백성들은 의무적으로 지켜본다. 그들은 재산을 소유할 수는 없지만, 다른 사람들 것인 그 모든 것은 그들에게 귀속되므로, 이 제도는 모든 것은 그들의 것이 될 수 있는 방편이 된다. 어떤 범주가 되었든지 간에 그들은 순결 서원을 하기는 한다. 그러나 여자들은 그들을 얼마나 숭모하는지, 그것이 박카우든 겔렁이든 겟줄이든, 아니 심지어 만치라 하더라도 아무것도 감히 거절하지 못한다. 어떤 승려가 한 여자에게 특별히 할 말이 있다면 밤에 그녀의 천막으로 가서 자기 방식대로 천막의 펠트 천을 긁어 신호를 보낸다. 길 잃은, 쫓아내야 하는 짐승이다. 여자는 몽둥이를 들고 짐승을 쫓아내러 천막 밖으로 나가는데, 이는 가정을 돌보는 일이기 때문에 남편은 아내가 자기 의

무를 하도록 내버려 둔다. 그래서 칼미크의 지옥에는 음란죄에 대한 형벌이 존재치 않는다.

칼미크의 여자가 아기를 해산할 때가 되었다고 느낄 때면 그녀는 승려에게 그것을 알리고, 승려는 서둘러 달려와서는 문 앞에 서서 태어날 아기에게 은혜를 베풀어 달라고 달라이 라마에게 탄원한다. 그러면 남편은 몽둥이를——때로는 천막을 따라 긁어대던 짐승을 쫓기 위해 여자가 들었던 예의 그 몽둥이를——들고서, 악령을 쫓으려 몽둥이로 공중을 때린다. 아기가 태어나자마자 부모들은 '키비트카'칼미크인들의 천막 이름의 바깥으로 달려 나간다. 아기는 그것이 생물이든 무생물이든, 부모의 시선이 제일 먼저 멎은 대상의 이름을 첫번째 이름으로 갖게 된다. 이런 식으로 해서 아기는 돌, 개, 염소, 또는 꽃, 냄비, 낙타 등의 이름을 얻게 된다.

결혼은——나라에서 뭔가 한자리 하고 있는 자들의 결혼에 대해 우리는 말하고 있다——동양의 거의 모든 결혼과 같은 예비절차를 밟는다. 다시 말해 미래의 배우자는 아내를 흥정해서 그 아버지로부터 가능한 가장 좋은 값에 아내를 산다. 일반적으로 반은 낙타로 반은 돈으로 가족이 아내의 값을 치르지만, 남편은 무턱대고 아내를 사는 것은 아니다. 칼미크인들에게는 일부다처제와 이혼은 폐지되었으므로 남편은 자기가 사는 여자를 사랑하고자 하는 것이다. 그런데 호감은 확실히 가고 아내를 살 돈을 지불했음에도 불구하고, 아내감을 빼앗아 오거나 아니면 적어도 그 아버지에게서 아내를 빼앗아 오는 척을 하는 일이 중요하다. 약혼남은 친구들 열두어 명의 선두에서 여자를 납치한다. 여자 집안은 남편감이 자기 아내를 정복했다는 영광을 맛볼 수 있도록 필요한 만큼만 저항한다. 일단 그녀를 말에 태우게 되면, 그는 그녀와 전속력을 내며 떠나간다. 투메인 왕비의 궁녀들이 승마술에 뛰어났던 점도 이 방식으로 설명될 수 있다. 칼미크의 아가씨라면 언제나 말을 탈 준비가 되어 있어야 한다. 무슨 일이 일어날지 모른다. 일단 여자를 탈취하고 나면 승리의 환호성이 대기에 울려 퍼진다. 승리의 신호로 총소리가 퍼져 나간다. 승리의 삼각대가 놓인 장소에 여자가 도착할 무렵에야 무리들은 환호를 멈춘다. 이 삼각대는 신혼 가정의 냄비를 지지하는 데 쓰인다. 따라서 그것은 결혼식이 거행되는 천막 한가운데 자리할 것이다. 그러면 그 신혼부부는 말에서 내려와 양탄자에 무릎을 꿇고 승려의 축복을 받아들인다. 그리고 다시 일어나 하늘의 태양이 있는 지점으로 돌아서서 네 요소로 이루어지는 기도를 올린다. 기도가 끝나면 젊은 여자를 데려오는 데 쓰였던 말은 재갈과 고삐를 풀고 자유롭게 대초원으로 쫓아내 버린다. 이 말은 먼저 차지하는 사람이 주인이다. 말을 이렇게 풀어 주는 것은 상징적 의미가 있는데, 그것은 젊은 여자에게 더 이상 그녀가 아버지의 소유물이 아니라 남편의 소유물이 된다는 것, 그리고 그녀가 태어난 천막으로 가는 길을 잊어버려야 된다는 것을 상기시키려는 의미다. 모든 절차는 두 부부의 천막을 짓고 설치함으로써 끝나는데, 천막 문지방을 밟으며 젊은 여자는 그때까지 쓰고 있던 베일을 벗어 버린다. 그런데 여자는 도망 나올 때 높은 계급일 때는 궁녀를, 다음 계급일 때는 평범한 시녀를 데려오므로, 신부가 방금 벗은 베일을 신랑이 바람에 대고 던지면, 이번엔 그것을 차지한 첫번째 칼미크 남자가 궁녀나 시녀의 남편이 된다.

칼미크인들의 장례 또한 그들만의 독특한 특징을 지닌다. 고대 로마인들이 그랬듯이 그들에게는 길한 날과 불길한 날이 있다. 사자가 길한 날 죽으면 기독교 국가에서처럼 시신을 매장하고 무덤 위에는 묘비명을 쓴 작은 깃발을 꽂는다. 그러나 반대로 불길한 날과 죽음이 겹치면 사자의 몸은 땅바닥 위에 누이며 펠트 양탄자나 거적으로 덮어 두고, 매장의 책임을 야생 동물들에게 맡긴다.

떠났을 때와 마찬가지 경로로 우리는 성으로 되돌아왔고, 쿠르노와 칼리노는 칼미크 말을 타서 너무 빨리 얻었던 신뢰를 잃었으므로, 자신들에게 약혼녀를 데려와 준 말인 것처럼 자기 말들이 자유롭게 가도록 내버려 두고, 예외적으로 걸어서 돌아왔다. 우리의 궁녀 열두 명에 대해 얘기하자면, 그녀들은 출발 때만큼이나 품위 있게 되돌아왔다. 돌아오면서 투메인 왕에게 그녀들이 어떤 가문에 속하는지 내가 물어보니 "아무 가문에도 속하지 않습니다"라고 대답하였다.——어떻게 아무 가문도 아닐 수가 있나? 이해할 수 없었다.——"어쩌면 고아들인지 모릅니다. 왕비의 궁녀들은 고아들 중에서 간택하여 왕비 곁에서 직위와 미래를 보장받는 것이, 나를 필요로 하지 않는 부유한 가문에서 취하는 것보다 나을 거라 생각했지요." 왕이 이런 식으로 대답한 것은 이번만이 아니었다.

우리가 궁정으로 들어갔을 때, 그곳은 사람들로 가득 차 있었다. 칼미크인들이 300명 이상 모여 있었던 것이다. 나를 주빈으로 왕은 그들에게 식사를 베풀었는데, 말 한 마리, 암소 두 마리, 말 스무 마리를 잡게 했다. 잘게 썰어 양파, 소금, 후추 양념을 한 말 안심은 일종의 전채로, 날것을 먹는 것이었다. 왕은 이 국민적인 요리를 조금 덜어 우리에게 맛보라고 권하였다. 우리는 호두처럼 통통하게 뭉친 그 고기를 먹었다. 나는 이 전채를 우리 미식가들의 식탁에 강제로 제공할 생각은 없다. 그러나 러시아 대귀족들의 식탁에서 먹었던 몇몇 요리들보다는 분명히 더 괜찮았다. 왕은 우리가 식탁에 앉기 전 칼미크 사람들한테 신경 쓰며, 부족한 것은 없는지 살펴보았다. 그리고는 거기 신경 쓰느라 우리 식사가 늦어지자 내게 변명조로 말했다. "이 사람들이 나를 먹여 살립니다. 그러니 내가 그들을 좀더 편하게 해주어야지요." 투메인의 왕은 정말 인정이 많음을 알 수 있다.

그는 아주 부자다. 그러나 그의 재산은 우리의 것과는 전혀 다르고 우리가 알 수도 없는 것이다. 왕에게는 농부 약 1만 1천 명이 있는데 그들은 모두 유목민 농부로서, 소작료인 '아브록'을 각자 매년 10프랑 지불함으로써 왕을 위해 일하지 않을 자유를 얻는다. 노동에 대한 보상은 당연히 왕에게 귀속된다. 이 소득은 왕에게 우선 110만 프랑의 수입*에 버금한다. 거기에다 그는 말 5만 마리, 낙타 3만 마리가 있으며, 양은 몇 마리인지 정확히 세지도 못한다. 아마 천만에서 1,200만 마리일 것이다. 그는 매번 큰 장이 설 때마다 60만 마리를 판다. 장은 카잔, 돈, 차리친, 데르벤트, 네 곳에서 열린다.

우릴 위해 왕은 어린 낙타 한 마리와 여섯 달짜리 망아지 한 마리를 잡게 했다. 이 두 가지 짐승의 살은 칼미크인들에게는 먹을거리 중에서 가장 맛있고 훌륭한 것이다. 이 어린 동물들에게서 얻은 안심, 갈비, 넓적다릿살은 우리 식사에서 주된 요리로 제공되었는데, 식사는 거기에 더해 암탉, 양, 혹기러기, 사냥한 고기 등 야생의 고기가 풍부하게 나왔다. 우리가 식사하는 동안 300명의 칼미크인들은 그들끼리 식사하였는데, 우리 못지않게 먹을거리가 풍부했다. 후식 시간에 왕은 그들의 건배를 받아들

---

* 작가의 착오. "매년 '아브록' 100프랑을 지불함으로써" 아니면 "11만 프랑의 수입에 버금한다"라고 해야 한다.

이고, 또 거기 화답해야 하니 술잔을 들고 일어서서 창가로 오라고 내게 청했다.

나는 그 초청에 응했다. 칼미크인들은 한 손에 나무 공기를 들고 다른 한 손에는 반쯤 부식된 말이나, 암소, 양의 **뼈**를 들고 모두 일어섰다. 그들은 세 번 만세를 외쳤고 나의 건강을 위해 건배했다. 그때 왕이 보기에 내 술잔은 이러한 방패 들어올리기에 품위 있게 대처하기에는 너무 빈약해 보였다. 누군가가 은을 박은 뿔 모양의 술잔 하나를 내게 가져다 주면서 그 잔에 샴페인 한 병 분량을 가득 채워 주었다. 그리고 바송피에르가 열세 주의 안녕을 위해 건배하고 마신 열세번째의 몫**을, 나도 칼미크 백성 1만 1천 명의 안녕을 기원하며 마실 수 있다고 생각하고, 단숨에 나의 뿔잔을 비웠다. 이 무훈은 만장일치의 박수소리를 받게 하였지만, 박수소리 때문에 억지로 다시 더 마셔야 하는 것은 아니다. 이 만찬은 정말 뭔가 호메로스풍이었다! 나는 「가마슈의 결혼식」세르반테스의 『돈키호테』를 각색한 고전 희극 발레. 떠들썩한 무대와 화려한 안무로 유명하다을 관람한 적은 없지만 투메인 왕의 연희를 본 후

** 17세기 프랑스의 후작이자 대원수인 프랑수아 드 바송피에르(1579~1646)는 스위스에 외교사절로 파견되었을 때, 특이한 방식으로 스위스 열세 개 주의 존경을 모두 얻게 된다. 13주 대표들이 참석한 연회에서 그는 그들의 면전에서 말 위에 올라타고는 이별주를 마시자고 제안한다. 술잔은 가져올 필요도 없다고 하며, 그는 장화 한 짝을 벗어들고 포도주를 가득 채운 뒤, 거기서 큰 잔 한 잔 분량을 마신다. 각 주의 대표들도 그를 따라 마심으로써 장화 속의 술은 완전히 비워졌다. 이 혁혁한 무훈을 이루고 스위스를 떠남으로써, 그의 명성은 스위스 전역에 남게 된다.

로는 그것을 못 보았다고 전혀 애석해하지 않았다.

모든 종류의 술이 난무한 가운데 식사가 끝나자, 경기를 할 준비가 되었다고 알려 주었다. 사람들은 일어섰고 나는 영광스럽게도 투메인 왕 편이 되었다. 열광적인 환성소리를 들으며 우리는 중정을 건너갔다. 식사 중에 세워 두었던 연단이 대초원 위에서 우리를 기다리고 있었다. 나는 왕비를 연단까지 모시고 갔고, 그 연단 위에는 부인들이 왕비와 함께 앉았는데, 연단은 반원 꼴로 배치된 남자용 의자들로 더 연장되어 있었다. 경주는 10베르스타를 가는 것인데(무려 2.5리유의 거리다!), 우리 편의 왼쪽 반원의 끝에서 출발하여 우리의 오른편 반원까지 되돌아오는 것이다. 칼미크에서는 프랑스 여자들이 외쳐 봐도 소용없던 양성 평등 수준에 도달하였으므로, 여자 기수가 남자 기수와 같이 백 마리 말을 타고 상을 놓고 싸우는 것이다.

여자들은 단두대에 오르곤 했으므로 여자들도 단두대가 아니라 연단에 오를 권리가 있기를 소원했던 가련한 올랭프 드 구즈라면, 칼미크에서 양성 간에 이러한 사회적 평등이 지배하는 것을 보면 행복해할 것이다. 경주의 부상은 캘리코 옥양목으로 된 실내복 한 벌과 한 살배기 망아지다. 백 마리의 말들이 소용돌이를 일으키며 출발하여 이윽고 작은 언덕 뒤에서 격돌했다. 반 시간이 지났다. 그리고는 말들이 다시 나타나기 전에 질주하며 다가오는 소리가 먼저 들린다. 마침내 한 명의 기수가 보이고, 여섯이 보이고, 이어서 나머지 무리가 4분의 1리유에 걸쳐 사이를 두고 나타난다. 열세 살짜리 어린아이가 계속 선두를 차지하고, 두번째 경쟁자와 5피트 사이를 두고 먼저 목표에 도착했다. 승리한 자의 이름은 부카였다. 그는 왕비가 손수 하사하는—일단 그에게는 너무 길어 긴 옷자락처럼 뒤가 질질 끌리는—캘리코 옷과, 왕이 손수 하사하는 한 살배기 망아지를 받으러 다가왔다. 그는 실내복을 잠시도 망설이지 않고 걸친 것과 마찬가지로 잠시도 지체 않고 망아지에 올라 타고서는, 패했으나 시샘 않는 경쟁자들이 늘어선 대열 앞을 의기양양하게 지나갔다.

왕은 우리에게 자리를 뜨지 말고 있어 달라고 청했다. 그는 칼미크인들이 이사 오고 이사 가는 광경을 구경시켜 주려 하였다. 우선 독자들은 칼미크에는 프랑스처럼 인생을 괴롭게 하는 집주인과 세든 자라는 두 가지 존재가 없음을 알게 될 것이다. 땅이란 모두의 소유다. 각자의 인간은 다른 누군가가 차지하지만 않았다면 땅에서 햇볕 쪼일 자리를 차지할 권리가 있다. 땅에도 공기에도 아무것도 지불할 필요가 없다. 토지세는 문세나 창문세만큼이나 여기서는 알려지지 않은 것이다. '키비트카'와 칼미크 가정에 필요한 모든 물건을 등에 실은 낙타 네 마리가 아버지, 어머니, 두 아들에 끌려 도착했다. 낙타들은 연단에서 20피트 떨어진 곳에 멈추고 주인들의 명령에 따라 무릎을 꿇었는데, 그렇게 하면 무거운 짐을 쉽게 내릴 수가 있었다. 이 과정이 끝나자마자, 마치 우리 앞에서 희극 공연을 할 때 맡을 역할을 배운 듯, 무릎을 꿇고 풀을 뜯어 먹기 시작했다. 그동안 '키비트카'는 세워지고 우리 눈앞에는 놀랄 만큼 빨리 이사가 진행되고 있었다. 십 분이 지나자 가구는 각각 제자리에 놓여져 있었다. 천막을 세우고, 두 아들 중 한 명이 우리에게 와서 동양식의 인사를 올리고는, 자기 아버지의 키비트카 아래서 환대를 받도록 우리를 초대했다.

우리는 초대에 응했다. 천막 아래로 들어가는 순간 가장은 환영의 뜻으로 멋진 검은 양털 외투를 내 어깨 위에 얹어 주었다. 그것은 투메인 왕이 내게 하사하는 선물이었다. 우리는 천막 아래, 양탄자 위에 터키식대로 양반다리를 하고 앉았다. 곧이어 가족은 즉석에서 칼미크 차를 우리에게 대접하였다. 오! 그런데 그건 또 하나의 다른 사건이었다! 예법이 신뢰로 가득 차서, 그리고 칼미크인의 몽골족 조상이 중국과 접경하였다는 것이 기억나서, 나도 신뢰로 가득 찬 채 찻잔을 입에 가져갔다. 단언컨대, 한 기독교인을 지독한 음료로 그보다 더 구역질나게 한 적은 일찍이 없었을 것이다. 나는 독살당하는 줄 알았다.

나는 이 구역질나는 음료에다 어떤 성분을 넣었는지 당연히 알고 싶었다. 그것의 주성분은 중국에서 온 덩어리 차 한 조각이었다. 그것을 냄비에 넣고 끓여 우유, 버터, 소금을 첨가한다. 나는 비슷한 것을 만드는 것을 오드리의 『지부 부인과 포세 부인』의 잡록 부분에서 보았지만, 맛보지는 않고 다만 읽는 것으로 만족했었다. 왕은 이 칼미크 차를 기분 좋게 두세 잔 마셨는데, 정말 더 바랄 것 없는 나의 이상형, 어여쁘고 매력적인 나의 왕비가 얼굴 하나 찌푸리지 않고서 그걸 한 잔, 아니 한 사발 마시는 것을 보니 정말 유감이었다. 차를 마시자 암말 젖으로 만든 화주火酒가 나왔다. 그러나 이번에는 미리 알려 주어서 입술 끝으로만 맛보았다. 나는 주인을 만족시키기 위해 만족스럽다는 시늉을 하고는, 내가 움직이기만 하면 술잔이 뒤집히도록 신경 써서 잔을 바닥에 놓았다.

종족적 본능을 타고난 칼미크인은 유목민이 되는 것이 가장 큰 야심인데——칼미크인이 유목민이 되려면 낙타 네 마리를 소유할 수준이 되어야 한다. 천막을 걷고 천막에 들어갈 많은 살림 도구들을 싣기 위해서는 낙타가 네 마리는 필요하기 때문이다. 게다가 양 치는 모든 민족들과 마찬가지로 칼미크인들은 가장 소박한 방식으로 살아간다. 양젖이 그들의 주식이다! 겨우 빵이 뭔지를 알았을 뿐이다. 그들의 음료는 차이고 암말 젖으로 만든 화주는 사치다. 나침반도 없이, 천문학의 지식도 없이 그들은 거대한 고독 속에서도 경탄스럽게 자기 방향을 찾아낸다. 그리고 먼 곳까지 바라보는 눈을 가진 대평원에 사는 모든 종족들처럼,

놀랄 만큼 떨어진 거리에서 해가 진 뒤에도 지평선의 기수 하나를 알아볼 수 있고, 그가 말을 탔는지 낙타를 탔는지 식별할 수 있으며, 더욱 놀라운 것은 그가 창을 가졌는지 총을 찼는지까지 식별할 수 있다는 것이다.

우리를 환대하는 천막 아래서 십 분이 지나자 우리는 일어서서 주인을 자유롭게 해주었고, 부인들은 연단 위에, 남자들은 의자 위에 가 앉았다. 바로 그 순간에도 유목민 일가가 열심히 이사 가고 있었는데, 이사 가는 것은 이사 오는 것보다 시간이 덜 걸렸다. 대초원의 이 끝에서 저 끝으로 가족을 데려갈 임무를 맡은 참을성 많고 지칠 줄 모르는 그 짐승의 등 위에, 물건들은 모두 제자리를 찾아 다시 놓인다. 가족 한 명이 움직이는 피라미드 하나의 꼭대기에 능숙하고 재빠르게 기어올라 중심을 잡았다. 아버지가 제일 먼저 무리를 이끌고, 이어 어머니가, 그리고 두 손으로 가슴에 팔짱을 끼고 몸을 굽힌 채 두 아들이 우리 앞을 줄 지어 지나갔으며, 탈짐승의 가장 빠른 발걸음에 실려 멀어져 갔다. 그리고 십 분 뒤, 사람들과 네발짐승들은 하늘에 그림자들을 한순간 번쩍 비춘 다음, 요동치는 땅을 뒤로하고 멀리 사라져 갔다.

축제의 계속

우리 유목민 가족이 사라지자마자 기수 두 명이 각자 두건을 씌운 매 한 마리씩 주먹에 쥐고 궁궐을 나갔는데, 그 뒤를 마차 두 대와 12~15마리의 말이 뒤따랐다. 왕의 지시로 특별한 곳에서 파수를 보던 한 남자가, 탑에서 2~3리유 떨어지게 둘러싸 성을 섬처럼 고립시키는 볼가 강의 작은 지류들이 만곡된 부분에, 백조 한 무리가 모여들고 있다고 막 알려 왔다. 우리는 마차에 올라앉았다. 기쁘게도 궁녀들은 전과 같이 빠르고 멋들어지게 말에 올라탔다. 보지 않고서도 사람들은 백조가 있는 곳에 가장 가까이 가는 길을 정확히 알아내었고, 우리는 출발했다.

대초원은 주파시 도면대로의 길은 전혀 필요하지 않다는 이점이 있다. 가벼운 땅의 흔들림은 거의 느껴지지 않아 마차로 건너갈 수 있고, 언덕길과 내리막은 거의 없다. 마차가 두터운 히스 풀 위를 굴러가면 터키 양탄자 위를 굴러가는 것보다 진동이 더 느껴지지 않는다. 그러나 이제 오전처럼 자유로운 기마행렬은 더 이상 아니었다. 기수들, 매잡이들, 궁녀들조차 사륜포장마차를 추월하지 않고, 부인들에게서 사냥의 즐거움을 빼앗지 않도록 말을 제어하고 있었다.

사냥감을 놀라지 않게 하고 사냥감에 대한 제어력을 모두 매들에게 주어 허를 찌르도록, 각자 침묵하고 있었다. 전략적 수단들은 아주 잘 들어맞았고, 침묵도 아주 잘 지켜 주어서, 백조 열두어 마리의 아름다운 무리가 20피트 거리에서 날아갔다. 바로 그 순간 매들의 머리싸개가 벗겨지고, 매잡이들은 사냥꾼들이 개들에게 하듯이 목소리로 자극시키며 매들을 날려 보냈다. 몇 초 지나자, 무게가 나가고 육중한 자기 적들에 비하면 단지 검은 점 같은, 사로잡힌 새 두 마리가 무리 한가운데서 발견되고, 백조 무리는 공포의 소리를 지르며 흩어졌다. 매들은 잠시 망설이는 듯하더니, 이어 각자 자기의 희생물을 골라 달려들었다.

추격당하던 두 마리의 백조는 곧 위험을 감지하고 비통스럽게 탄식소리를 내며 높은 곳에서 매들을 이겨 보려 애썼다. 그러나 매들은 뾰족한 긴 두 날개와 부채꼴의 꼬리, 날씬한 몸으로 백조 무리를 곧 10~12미터 추월해서는, 수직으로 먹잇감에게 덤벼들었다. 그러자 백조는 자신들의 몸통 속에서 구원을 찾는 듯하였다. 다시 말해 날개를 접고, 말하자면 자기 몸의 온 무게를 다해 스스로 추락하려는 것 같았다. 그러나 힘없이 쓰러지는 것은 비약하며 빠르게 추락하는 것보다 속도에 있어 비교가 안 되었다. 내려오던 중간에서 백조는 매들과 부딪혔고 매들은 백조의 목에 달라붙었다. 그때서부터 그 불쌍한 짐승들은 졌다고 느끼고, 도망하거나 스스로를 지키려고 애쓰지도 않았다. 그

리고 한 마리는 대초원 위에 다른 한 마리는 강물 속에 떨어져
갔다. 강물에 떨어진 백조는 이 이점을 이용해 한순간 더 목숨
을 구하려 싸웠다. 백조는 자기 적을 몰아내기 위해 물속에 빠졌
다. 그러나 매는 물을 스쳐 지나가며 백조가 수면에 다시 나타나
길 기다렸고, 그 운 나쁜 물갈퀴새가 목을 물 밖으로 내밀 때마
다 주둥이로 격렬하게 쪼아 댔다. 마침내 백조는 혼비백산 넋을
잃고, 피로 물든 채 단말마의 고통 속에 빠져들어 몸부림치며 자
기 주변으로 물이 퍼지게 하고, 골질의 날개로써 매를 때리려 애
썼다. 그러나 매는 희생물의 숨이 끊어질 때까지 용의주도하게
안전한 곳에 있었다. 그리고는 강물이 흐르는 대로 따라가는 힘
없는 새의 몸 위로 덮쳐들었고, 승리에 찬 소리를 지르며 부도浮
島 위에 스스로 떠밀려 가서는, 칼미크인 두 명과 매잡이 한 명이
작은 배를 타고 패배한 주검과 생명력과 자존심으로 가득 찬 승
리자를 거두러 올 때까지, 거기서 머물러 있었다. 매잡이들은 훌
륭하게 행동한 데에 대한 보상으로 허리춤에 차고 있던 작은 가
죽주머니에서 피 흘리는 고기 덩어리 하나를 그 즉시 꺼내 준다.
대초원에 떨어진 백조를 이긴 매에 관해 말하자면, 그 승리는 자
기 경쟁자의 승리보다는 덜 대단한 것이었다 하겠다.

그런데 우리 칼미크인들의 복장 때문에 중세의 매혹적인 외
양을 방불케 하는 이 그림 같은 사냥은 내게 이미 익숙한 것이
었다. 콩피에뉴 숲에 훌륭한 매의 새장을 갖고 있는 친구 한 명

과 나는 이미 사냥을 해보았으며, 네덜란드의 국왕 내외와 로^{Loo} 성에서도 한두 번 해본 적이 있다.

어렸을 때 잡아 매잡이들이 훈련시킨, 엄선된 열두 마리 매가 있는 훌륭한 매 새장을 투메인 왕은 가지고 있었다. 맹금류들은 사로잡힌 상태로 번식되는 것이 아니라 야생 그대로인 채 손에 넣어야 하는 까닭에, 조련된 열두 마리 외에도, 교육 중인 열에서 열두 마리의 매가 언제나 더 있었다. 잘 훈련시킨 매 한 마리는 3천~4천 프랑 나간다. 사냥 때문에 우리는 성에서 약 1리유 떨어져 있었다. 시간은 다섯 시였다. 정오의 점심식사 후 있게 되는 호화스런 일, 즉 만찬이 여섯 시에 우릴 기다리고 있었다. 우리는 강의 연안으로 돌아왔는데, 그 때문에 작업 중인 우리 매들을 한 번 더 볼 수 있는 기회를 가졌다.

실제로 멋진 회색 왜가리 한 마리가 이윽고 우리 앞을 날아가자, 먼 곳에서 날아오르긴 했지만 매잡이들은 매 두 마리의 머리싸개를 벗겼고, 매들은 같은 속도로 돌진했는데, 번개의 속도라는 것 이외 어떤 이미지로도 그 속도를 표현할 수가 없다. 두 마리의 적에게 동시에 공격당하여 왜가리는 살아날 운이라곤 전혀 없었다. 그러나 왜가리는 자기를 지키려고 노력했는데, 이것은 백조들이 시도조차 못했던 일이다. 사실 왜가리의 긴 주둥이는 뒤집혀 떨어지면 때로 왜가리가 스스로를 찔러 죽일 정도로 무서운 무기이기도 하다. 그러나 왜가리 편의 서투름이었든 적수들의 노련함이었든 간에, 얼마 뒤 우리 왜가리는 정신을 잃고 땅으로 돌진했고, 매잡이 한 명이 재빠른 속도로 달려갔기 때문에 그것은 거기서 산 채로 거의 상처 없이 잡혔다. 그것은 무사히 살아나 날개가 잘린 채 왕의 가금사육장을 장식할 운명이 되었다. 이 커다란 철새들, 황새, 두루미, 왜가리는 이상하게도 극히 쉽게 길들여진다. 두 마리의 매는 각자 피 흘리는 작은 고깃조각을 더 받았고 자기들의 운에 아주 만족한 듯 보였다.

우리는 성에 도착했는데, 거기에는 이미 말했듯이 저녁식사가 우릴 기다리고 있었다. 호메로스풍의 풍성함과 이도메네우스의 환대*는 우리 칼미크 왕의 궁에서 우리에게 베풀어졌던 환대와 풍성함에 비하면 아무것도 아니었다. 우리 식사에 나왔던 요리들의 목록과 식사 때 같이 준비된 포도주 목록만 올려도 이 글 한 장 모두를 차지할 것 같다.

후식시간에 투메인 왕비와 궁녀들은 식탁에서 일어났다. 나도 따라 일어서려니 스트루베 씨가 왕을 생각해서 남아 있으라

---

* 이도메네우스는 그리스 신화 속 크레타의 왕이다. 트로이아 전쟁에서 그리스군 총 사령관 아가멤논은 그리스군 진중을 돌아다니다가 무장하고 싸울 태세를 갖춘 이도메네우스와 그의 병사들을 보자 크게 기뻐하며 이렇게 독려한다. "이도메네우스, 난 전쟁에서든, 다른 일에서든, 연회석상에서든 그대에게 제일 큰 관심을 갖고 있소. 다른 왕들의 술잔에 내가 좋아하는 술을 따를 때 그들은 허락하였을 때만 마셨지만, 그대의 잔은 생각날 때마다 마실 수 있도록 늘 내 잔처럼 가득가득 채워져 있다오. 자, 전쟁에 나가시오. 그리고 병사들에게 그대가 늘 자랑스러웠음을 보여 주시오."

고 간청하였다. 왕비와 궁녀들이 자리를 뜬 것은 축제 프로그램의 일부로, 우리를 놀래킬 무언가를 준비하려는 것이었다. 왕은 그런 식의 지략으로 우리의 오락과 여흥을 맡고 있어서, 그가 마음대로 하도록 내버려 두거나 아니면 우리가 우리를 내버려 두기만 하면 되었다. 실제로 투메인 왕비와 궁녀들이 나간 지 십오 분 후에, 늘 붉은 옷에 노란 두건을 쓰고 손엔 방망이를 들고 있던 의식의 책임자가 와서, 아주 낮은 목소리로 자기 주인의 귀에 대고 몇 마디 말을 하였다. 그러자 왕은 "신사분들이여, 왕비가 차 마시러 오라고 자기 궁에 초대했습니다"라고 말했다. 그 초대는 너무 시기적절하여 정중하게 수락하지 않을 수 없었다.

나는 유럽식의 옷을 입어 개화된 여성들 틈에 밀려나 있던 그루스카 공주의 팔을 끼고, 투메인 왕의 인도를 받아 의식의 책임자를 따라갔다. 우리는 성에서 나와 왕의 궁전에서 약 30피트 떨어진 곳에 있는 작은 천막 무리를 향해 갔다. 그 천막들은 부속건물들이 딸린 왕비의 별장인 셈이었다. 아니 그보다, 세미라미스의 궁전에서 달리그르 씨의 중국식 집에 이르기까지,* 모든 돌로 지어진 집들보다도 왕비가 더 좋아하는 거처, 즉 국민적 '키비트카'라 하겠다.

---

* 세미라미스는 아시리아의 전설 속 여왕으로 바빌론을 재건하고 공중정원을 직접 건설했다고 전해지며, 18세기 프랑스의 정치가 달리그르(Étienne d'Aligre)는 고대식 정원을 재건하는 데 재산을 탕진한 것으로 유명한 인물이다.

정말 신기한 구경거리가 거기서 우리를 기다리고 있었다. 우리는 거기서 칼미크 나라 전체로 들어가고 있는 셈이었다. 왕비의 천막들은——첫번째의 것은 부속방과 대기실로 쓰이고, 두번째 것은 응접실과 침실로, 세번째 것은 화장실과 옷장으로 쓰이는, 서로 통하는 천막들이 세 개 있어서 하는 말인데——평범한 칼미크인들의 천막보다 좀더 크긴 하지만, 정확히 같은 모양이고 밖에서 보면 같은 천으로 되어 있었다. 그러나 안에서 보면 상당히 달랐다. 중간의 천막, 즉 제1의 천막은 여느 때처럼 둥근 열린 부분을 통해 위에서 햇빛을 받고 있었다. 그러나 이 천막은 무늬를 짜 넣은 피륙으로 팽팽하게 당겨 놓았고, 바닥은 아름다운 스미르나 양탄자를 깔았으며, 아래의 가장자리에는 호라산의 수놓인 펠트 천이 안을 채우고 있었다. 문의 맞은편에는 낮에는 긴 소파로, 밤에는 침대로 쓰이는 넓은 장의자가 펼쳐져 있었다. 이 장의자 머리부분과 발치에, 중국 골동품을 가득 올려 놓은 두 개의 겹친 선반처럼, 달라이 라마에게 바치는 두 개의 제단이 세워져 있었다. 그리고 제단들 위에는 향으로 가득 찬 분위기 속에, 온갖 색깔의 군기들과 깃발들과 삼각기들로 물결치고 있었다.

왕비는 장의자에 앉아 있었고, 그 발치에는 이런 종류의 왕좌를 오르는 데 쓰이는 계단 위에 열두 명의 궁녀들이 맨 처음 나타났던 자세로, 다시 말해 발뒤꿈치로 쭈그리고 본래의 부동자세를 되찾은 채 앉아 있었다. 너무 낯설면서 너무나 그림 같은 이 광경 전체를 몇 초 안에 포착할 사진 한 장을 모든 사람들에게 주어, 그 풍경을 나와 함께 나눌 수도 있었겠다. 방석들이 천막을 빙 둘러 놓여 있어서, 차례가 되자 우리는 쭈그리고 앉을 수 있었다. 그러나 장의자의 폭이 넓어 왕비가 정중함을 잃지 않도록 해주고 있었으므로, 왕비는 우리가 들어오자 일어서서 우리의 여자 손님들을 자기 옆에 앉도록 하였다. 왕은 쇼세당탱 거리의 은행가나 조키 클럽* 회원에게서도 분명 찾아볼 수 없을 공손함과 친절로써, 여자 손님들에게 끊임없이 특별히 신경 쓰고 있었다는 점은 두말할 필요도 없다.

누군가 차와 커피——이번엔 진짜 차, 진짜 커피였다——를 내왔고 터키식으로, 다시 말해 방바닥에 차려 주었다. 나는 그것이 칼미크의 차와 커피인지 신경 써서 물어보았다. 그러나 모카 커피고 중국 차라는 대답을 들었다. 커피를 마신 후 러시아의 삼현기타 '발랄라이카'를 누군가 궁녀에게 갖다 주었는데, 알제리에서 들어본 비슷한 악기 연주와 같은 종류의, 우울하고 단조로운 몇 가지 소리를 그녀는 시험 삼아 내보았다. 그러한 소리를 음이라고 할 수 있는지는 모르겠지만, 첫번째 음들이 들리자 두

---

* 19세기 프랑스 정치권의 부유한 귀족들로 구성된 조키 클럽은 파리의 발레 붐을 주도했던 세력으로, 이들은 발레리나들을 정부로 거느리고 다니며 세를 과시하였다.

번째 궁녀가 일어나서 춤을 추기 시작했다.

펜으로도 나의 어휘로도 다른 말을 찾을 수 없어서 춤춘다라는 말을 사용했다. 그러나 그러한 몸의 이동은 사실 춤이라 부를 수 없을 것이다. 그것은 육체적 기쁨도 매력도 즐거움도 전혀 없는 무희가 시연하는, 활기 없는 무언극을 흉내 내는 몸 굽히기와 원형의 움직임일 뿐이었다. 십 분이 지나자 무희는 팔을 벌리고, 어떤 보이지 않는 정령에게 기도하기 위해 무릎을 꿇었고, 다시 일어나 혼자 돌다가는, 일어선 여자 동반자들 중 한 명을 건드려 그녀와 자리를 바꾸었으며, 그녀는 무희 대신 춤을 추었다. 두번째 궁녀도 첫번째 궁녀와 똑같은 춤을 추었다. 이어서 그녀를 세번째 궁녀가 대신하였는데, 그녀도 같은 동작을 아무런 변화 없이 다시 시작했다.

나는 열두 명의 궁녀들이 똑같은 지시를 받지 않았나, 그리고 서로 계속 같은 일이 되풀이된다면, 자정까지 꽤 단조로운 유희의 연속 속에 억지로 있어야 하지 않을까 하고, 심각하게 걱정하기 시작했다. 그러나 세번째 궁녀가 춤춘 후에, 커피와 차를 다 마셨으므로 왕비는 일어나 계단을 내려가서 내 팔을 붙잡고 밖으로 나갔다. 같은 용수철에서 튕겨져 나가는 듯이 그 열두 명의 궁녀들도 왕비를 바로 뒤따라갔으며, 자신들의 여군주처럼 똑같이 무게 있는 태도로 성으로 돌아갔음은 말할 필요조차 없다.

우리가 없는 사이를 이용해 성에 불이 밝혀져 있었다. 궁정

응접실은 아름다운 거울들과 분명 프랑스산일 다면체로 깎은 수정 샹들리에에 반사된 빛들로 빛나고 있었다. 응접실 칸막이벽 옆에 에라르 그랜드 피아노*가 있었다. 나는 왕에게 궁중의 누군가가 피아노를 치는지 물어보았다. 그는 치지 않는다고, 그러나 프랑스에는 피아노가 없는 응접실은 없음을——슬프게도! 그는 사실을 말하고 있었다——알고 있었다고, 그래서 한 대 갖고 싶었다고 말했다. 게다가 그 피아노는 불과 한 달 전에 도착하여 전혀 사용하지 않은 것이었으며, 자신이 기다리고 있던 방문객들 중 한 명이 이 이국의 악기를 연주할 수 있을 경우를 대비해서, 왕이 일부러 아스트라한에서 데려온 조율사가 전날 조율해 놓은 것이었다. 우리의 세 여자 손님들이 그것을 연주했다.

　왕비가 우리에게 방금 베풀었던 예절에 응답하기 위해서 나는 모스크바의 춤에 일가견이 있는 칼리노를 불러다가 민속춤을 추어 보라고 하였다. 칼리노는 부인들 중 한 명이 자기와 맞상대가 되어 준다면, 언제나 춤출 준비가 되어 있다고 대답했다. 피에트리젠코프 부인이 나섰다. 브루벨 양이 피아노에 앉았다. 칼리노와 그의 춤상대는 서로 마주보고 준비 동작을 했다. 칼리노의 대학교육 중 몇 부분이 소홀하였다 하더라도, 안무의 자연

* 당대 유럽 최고의 피아노 장인 세바스치앙 에라르가 제작한 피아노. 베토벤과 멘델스존, 리스트 등의 사랑을 받았으며 사치스러운 장식으로도 유명하다.

스런 배치술은 반대로 상당한 발전 수준에 도달해 있었다. 칼리노는 60년 전에 베스트리스18세기 중반 파리에서 활약한 피렌체 출신의 무용가가 가보트를 추었을 때 같은 완벽함으로 러시아 춤을 추었다. 그는 모임의 감탄을 자아내었고 왕비의 치하를 받았다.

그러자 누군가 프랑스의 카드릴 춤을 추기로 기획했다. 아직 상중이어서 춤을 추지 않는 부르벨 양은 피아노에 앉았는데, 그녀가 연주하는 음악 소리는 왕비에게 가장 큰 기쁨이 되는 것 같았다. 다비도프 부인과 피에트리젠코프 부인은 쿠르노와 칼리노의 청을 받아 준비 동작을 했다. 러시아 춤에 이미 아주 감동받은 왕비는 손님들이 프랑스 춤을 추자 최고조의 기쁨을 느꼈다. 그녀는 좌석에서 일어났다. 춤추는 여자와 남자들을 그녀는 두 눈을 반짝이며 바라보았다. 그들의 동작의 변화를 잘 따라가기 위해 왕비는 몸을 오른쪽으로 왼쪽으로 기울였다. 복잡한 자유연기를 할 때에는 박수를 쳤다. 그녀는 사랑스런 모양의 상큼한 입으로 교태를 부리며 미소 지었다. 마침내 마지막 크로스샤세 동작 때 그녀는 왕을 불러 나지막하지만 열정이 가득한 어조로 뭔가를 말하였다.

그녀가 왕에게 춤출 허가를 청하였다고 나는 이해했다. 이 중대한 사건에 있어 자연스런 중개인이 될 것이라 여겨 나는 스트루베 씨에게 이를 알렸다. 스트루베 씨는 정말 협상을 잘 맡아 그토록 멋진 목적으로 그녀를 유도하고는, 왕비를 도와 다음 카드릴 춤을 추기 위해 준비 동작을 하는 것을 나는 보았다. 부러운 눈길로 왕비를 바라보는 궁녀들의 문제가 남았다. 나는 칼리노가 언짢도록 왕에게 직접 가서는, 궁녀들이 왕비와 똑같이 카드릴 박자에 맞춰 춤추는 것은 칼미크의 예법에 어긋나는 것은 아닌지 물어보았다. 왕은 타협 중이었다. 그에게 백성을 위한 법의 제정을 요구했다면, 그는 즉각 그것을 허락했을 것이었다. 그는 일반의 춤을 허락했다.

궁녀들은 이 좋은 소식을 듣자, 말 탈 때처럼 당장 옷을 걷어 올릴 태세였다. 그러나 왕비가 눈길을 한 번 주자 흥분은 진정되었다. 칼리노는 궁녀 한 명의 손을 잡았다. 쿠르노는 다른 궁녀의 손을 잡았다. 우리와 함께 아스트라한에서 온 두세 명의 젊은 러시아 남자들이 궁녀들에게 춤을 청하였고, 다비도프 부인과 피에트리젠코 부인이 궁녀들 중 또 다른 두 명과 서로 카드릴 독무조를 짰다. 그리고 춤을 권유받지 못한 마지막 두 명은 결국 서로 춤을 청하고, 일반적인 민속춤곡을 추기 위해 준비 동작을 했다. 음악 신호가 내려졌다.

나는 평생 많은 이야기를 하려 노력해 왔고, 몇몇 경우들은 불가능한 것도 이야기한 것이라 생각한다. 그러나 여기 있었던 것은 이야기할 생각조차 감히 못하겠다. 일찍이 이와 비슷한 어떤 소란도, 어떤 혼란도, 어떤 난리법석도 유럽의 시선이 관찰한 적은 결코 없었다. 얼굴들은 더 이상 알아볼 수 없었다. 왼쪽으로 나아가야 하는데 오른쪽으로 갔고, 반대 방향으로 돌았고, 한 사람은 부인들의 원무를 추겠다고 고집했고, 반면 다른 한 사람은 선두에서 카드릴 남성 독무를 추며 우아함을 개발하는 데 집착했다. 칼미크인의 모자는 전쟁터에서 창기병 모자가 땅에 뒹굴듯이 떨어져 땅에 굴러다녔다. 사람들은 서로 매달리고 서로 떨어지고 서서 같이 걷는 동작을 하고, 같이 웃고, 소리 지르고 기쁨의 눈물을 흘렸다. 왕은 포복절도하였다. 나는 무대 전체를 굽어볼 수 있는 안락의자 위에 올라갔는데, 떨어지지 않으려고 커튼줄에 팔을 꿰고 있었다. 웃음은 발작 지경에 이르렀다.

밤새 이 일이 계속될지 여부는 모두 부르벨 양에게 달려 있었다. 그녀가 중단하지 않고 날이 밝을 때까지 피아노만 치면 되는 일이었다. 춤추는 남자와 여자들은 일층 앞좌석에 죽은 자나 다친 자들처럼 쓰러질 것이지만, 분명히 말하는데 이들은 서 있을 수 있는 한은 결코 춤을 멈추지 않았을 것이다. 왕비는 흥분 상태에서 자기 자리로 돌아가는 대신 남편의 두 팔에 몸을 던졌다. 그녀는 그에게 칼미크어로 한마디 하였는데, 나는 무례하게도 그게 무슨 뜻인지 물어보았다. 그 문장은 말 그대로를 번역하면 "사랑하는 마음의 연인이여, 나는 이보다 더 재미난 적이 없어요!"라는 뜻이었다. 나도 왕비와 정확하게 같은 생각이어서, 나도 누군가에게 "사랑하는 마음의 여인이여, 나는 이보다 더 재미난 적이 없어요!"라고 말할 수 있었으면 하였다. 사람들은 휴식 시간을 가졌다. 그렇게 운동을 하고 난 뒤라 한 시간 쉬는 것은 지나치지도 않았다.

그 시간 동안 잠시 믿을 수 없는 일이 일어났는데, 정말로 일어난 일인지 그만큼 너무 납득이 안 갔다. 왕이 스트루베 씨를 동반하고 한 손에는 방명록을 들고 내게 다가왔다. 그는 나에게 왕비에게 부치는 시를 몇 구절 이 방명록에 써 달라고 부탁하러 온 것이었다. 그렇게 하면 몇 세기가 지나서 보아도 내가 투메닌 스카이에 들렀다는 것을 확인할 수 있을 것이다. 그것은 투메인 왕의 소유지의 이름이다. 칼미크에서의 방명록이라. 독자들은 이해할 수 있을런지? 그건 지루 상점의 방명록이었다. 에라르 피아노처럼 하얗고 사용하지 않은 이 방명록은, 누군가 왕에게 피아노 없는 응접실은 없듯이 방명록 없는 피아노는 없다고 말해 주어서, 아마 피아노와 함께 도착했을 것이다!

오 문명이여! 내가 어디선가 다시 너를 만나 너의 희생제물이 된다면, 그건 단연코 우랄 산맥과 볼가 강 사이나, 카스피 해와 엘톤 호수러시아 연방 볼고그라드 주에 있는 소금 호수 사이에서는 아닐 것이다! 나는 이 일은 피할 수 없는 것으로 결국 받아들이고, 방명록 때문에 낙담하지 않기로 하였다. 나는 펜을 달라고 요청했다. 투메인 왕의 궁전에서, 나아가 칼미크의 나머지 땅에서도 펜을 찾을 수 없기를 나는 소원했다. 그리고 마리온 상점에 또 그걸 주문하기 전에, 어서 내가 멀리 가 버리는 게 수지. 그러나 전혀 불가능했다. 펜과 잉크병이 하나 있었던 것이다. 이제는 내가 짧은 서정시를 하나 머릿속에서 찾아내어야 할 판이다. 나의 여정에 대한 추억으로 왕비의 방명록의 첫 페이지에 남겨 놓은 나의 걸작은 다음 같은 것이다.

투메인 왕비에게

하나님은 왕국마다 경계를 정해 주셨으니,
여기는 산이 경계고 저기는 강이 경계다.
그러나 주 예수는 그 어지심으로 그대에게 내리셨다
사람이 마침내 숨을 쉬는 경계 없는 대초원을.
그대의 법 아래 그대가 제국을 건설하여
그대의 은혜와 친절과 조화를 이루도록.

스트루베 씨는 이 6행시를 왕에게 러시아어로 번역해 주었고 왕은 이를 다시 왕비에게 칼미크어로 번역해 주었다. 나의 시는 기존의 언어 관습과는 반대로, 번역됨으로써 더 이익을 본 것 같다. 그것은 왕비가 내게 감사의 말을 많이 했기 때문이다. 나는 단 한마디도 알아듣지 못하였으나, 입 맞추도록 그녀가 내게 손을 내미는 것으로 치하의 마지막이 장식되었다. 나는 내 임무가 끝난 것으로 알았지만, 그건 잘못 생각한 것이었다. 그루스카 공주가 자기 형부에게 매달려, 아주 작은 소리로 그에게 몇 마디를 했다. 나는 칼미크어를 몰랐음에도 그 말을 이해했다. 그녀는 자신을 위한 시를 지어 달라고 부탁했던 것이다. 투메인 왕비는 어떻게 하더라도 자기 방명록에는 내가 그 시를 쓰지 않을 것이라고 단언하고는, 귀여운 작은 집게로 꽂은 자기의 방명록을 새매가 종달새를 물고 가듯이 채어가 버렸다. 그루스카 공주는 자기 언니가 방명록을 가져가 버려도 가만히 있다가, 종이 공책을 하나 찾으러 가서 내게 가져다주었다——이 모두 지루 상점 것들이다. 나는 쓰는 일에 착수했으나, 물론, 그루스카 공주에게는 자기 자매보다 한 행이 더 짧도록 지어 주었다. 투메인 왕비로서는 연장자의 권리가 있었다.

그루스카 공주에게

하나님은 사람 각자마다 운명을 정하시는데,
어느 날 그대는 사막 한가운데 태어났다.
그대 상아 같은 치아에 매혹적인 그대 눈은
풍요로운 볼가 강 그 연안이 품게 하였네
사막에 진주 한 알, 대초원에 꽃 한 송이를.

두번째로 어려운 작업을 끝내자, 나는 돌아가겠다고 사정했다. 궁녀들마다 4행시*를 받으려 할까 봐 두려웠으며, 영감은 다 소진되었다. 왕은 자기 방인 어떤 방으로 나를 손수 데려갔다.

그와 왕비는 '키비트카'에서 잤다. 주변에 시선을 던져 보니 화장대 위에 펼쳐져 있는 커다란 은상자와 큰 유리병 네 개가 보였다. 규방에는 털이불을 덮은 커다란 침대가 보란 듯이 놓여 있었다. 방의 구석에는 중국의 도자기와 대야들이 푸른색이나 금색으로 번쩍이는 빛조각들을 반사하고 있었다. 나는 완전히 안도하였고, 왕에게 감사드렸다. 나는 이미 기원했던 왕의 낮의 안녕을 밤에도 기원하기 위해서, 다시 말해 모든 종류의 번영을 기원하기 위해서, 내 코를 그의 코에 비비고는 그를 떠났다.

왕이 떠나자 시급한 일이 무언지 생각해 보았다. 활기와 먼지에 찬 하루가 지난 후에, 우리가 가졌던 흥분되고 열정적인 저녁을 지낸 후에, 내게 가장 급한 일은 나의 온몸 위에 가능한 한 최대로 많은 물을 퍼붓는 일이었다. 나는 완전한 수장이라도 받아들일 태세였다. 그러나 도자기 속에도 유리병 속에도 물은 한 방울도 없었다. 중국 도자기는 모두 장식으로 거기 있었던 것이며, 다른 용도는 전혀 없었던 것이다. 왕은 아마도 응접실에는 피아노가 있고 피아노 위에는 방명록이 있듯이, 침실에는 도자기들과 대야들이 있다고 말하는 것을 들었을 것이다. 그러나 피아노와 방명록도 마찬가지지만, 그에게는 자기 도자기와 대야들을

---

* 왕비는 6행시, 동생은 5행시, 궁녀는 4행시로, 시의 길이를 정하고 있었다는 사실이 재미있다.

사용할 기회가 필요했다. 그 기회를 그는 아직도 찾아내지 못했던 것이다.

나는 상자의 병들에게 도움을 청했다. 강물이나 연못물이 없으므로 거기서 오드콜로뉴나 포르투갈 수를 찾을 수 있기를 원했다. 결국 언제나 물이 문제였다. 그러나 전혀 없었다. 병 하나는 버찌 술, 다른 하나는 아니스 술, 세번째는 큄멜 술, 네번째는 노간주 술이 들어 있었다. 상자를 장식한 멋진 병들을 보면서, 술을 넣어야 되는 병이라고 왕은 생각했을 것이다. 나는 마지막 가능성을 찾아 침대로 시선을 돌려 보았다. 하얀 시트들도 결국은 많은 것들을 대신해서나 존재할 것이었다. 나는 그러한 유의 도구는 도저히 참을 수 없어서 털이불을 치워 버렸다. 털이불은 시트도 이불도 없는 침대를 깃털로 뒤덮고 있었는데, 피아노와 방명록이 갖는 순수함은 잃어버리고, 사용한 흔적들이 뚜렷이 묻어 있었다. 나는 다시 옷을 입고 가죽 장의자 위에 몸을 던지고는, 이 선량하고 정답고 훌륭한 왕은 불필요한 것은 너무 많이 가졌지만 필요한 것들은 너무나 부족하구나, 라고 한탄하며 잠이 들었다.

야생마

나는 상당히 늦게 잠자리에 들었고, 투메인 왕의 다른 손님들은 나보다 더 늦게 잠들었지만, 아침 일곱 시가 되자 각자 떠날 준비를 하고 있었다. 왕은 두번째 날은 첫번째 날만큼이나 바쁠 것이어서, 하루 일과는 여덟 시에 시작할 것이라고 미리 우리에게 알려 주었다. 정말 여덟 시 십오 분 전이 되자, 우리는 성의 창문 방향으로 가도록 요청받았다.

거기 도착하자마자 동쪽에서 뇌우 비슷한 무슨 소리가 들리고 발 아래 땅이 흔들리기 시작했다. 동시에 먼지 구름이 땅에서 하늘로 솟아나며 태양을 어둡게 하였다. 무슨 일이 일어나는지 나로서는 완전 깜깜하게 몰랐다고 고백하겠다. 나는 투메인 왕을 전능하다고 생각했지만, 아무리 그래도 우리에게 고의로 지진을 내리게 명령할 정도로 전능하다고는 생각하지 않았다. 그 먼지 구름 한가운데 갑자기 거대한 흔들림이 감지되었다. 나는 네발짐승의 형태들이 움직이는 것을 보았다. 나는 놓아먹이는 말들을 보았다.

시선이 가 닿는 것만큼이나 저 먼 곳에서 대초원은 볼가 강쪽으로 광란의 질주를 하고 있는 말들로 뒤덮여 진동하고 있었다. 고통보다는 화가 나서, 말이 소리 지르고 울부짖는 것이 멀리서 들렸다. 거대한 한 무리 야생마가 빨리 달리라고 재촉하는 기수들에게 내몰려서, 사막에서부터 우리 쪽으로 도착하고 있었다. 첫째 무리들은 갑자기 볼가 강 연안에 도착하게 되자 잠시 멈칫거렸다. 그러나 뒤따라오는 무리들에게 밀려서 그 말들은 단호하게 강물로 몸을 던졌다. 모든 말들이 강물로 뛰어들었다. 만 마리 말들이 울음소리를 내면서, 볼가 강의 너비가 3킬로미터인 지점을 가로질러, 한 연안에서 다른 연안으로 통과하려 하였다. 첫번째 무리들이 우안에 막 도착하려는 그때, 마지막 무리들은 아직 좌안에 있었다. 말을 몰던 사람들——약 50명이었다——은 말들과 함께 물에 뛰어들었다. 그러나 일단 볼가 강에 뛰어들자, 과적된 상태라 반 리유나 가도록 헤엄을 칠 수 없었던 탈짐승들로부터 사람들은 미끄러져 갔으며, 일부는 말갈기에 일부는 말꼬리에 매달렸다.

강이 자기들의 진로를 막고 있다 생각하고서 단 하나의 무리를 이루어 거대한 강을 건너는 만 마리의 이 말들보다, 더 화려하게 야생적이고 더 찬란하게 가혹한 광경을 나는 결코 본 적이 없다. 말들과 섞여서 헤엄치는 사람들은 계속 소리를 질러 가며 말들을 밀어붙였다. 마침내 네발짐승과 사람들은 강 우안에 도착하여 숲 같은 곳으로 사라졌는데, 숲의 앞쪽에 보병대처럼 흩어져 서 있는 나무들은 연안에 이르도록 불쑥 돌출해 있었다. 우리는 놀란 채 그대로 있었다. 남미의 팜파스 대초원이나 북미 대초원 지대가 일찍이 여행객들에게 그토록 감동적인 장관을 보여 주었다고는 생각하지 않는다. 왕은 말을 만 마리만 모아 온 것에 대해 우리에게 양해를 구하였다. 그는 이틀 전에야 연락을 받은 것이다. 나흘 전에 연락받았다면 삼만 마리는 모았을 것이다. 그리고 그날은 대부분 강 우안에서 보내야 하므로, 왕은 성에서 볼가 강 연안으로 나가서 작은 배를 타라고 우리에게 권하였다. 우리는 부탁받을 처지는 아니었으며, 그 취지 자체도 흥미로웠다.

점심식사라는 문제가 있기는 했지만, 열두어 명의 칼미크인들이 내용물이 보이는 바구니들로 작은 배를 채우는 것을 보았을 때, 그 문제는 우리가 더 염려하지 않아도 되었다. 그것은 어린 망아지의 넓적다리, 낙타 안심, 구운 양고기 반 마리였고, 거기에다 모든 종류의 모든 형태의 술병들, 그리고 특별히, 주둥이가 좁은 은을 입힌 병들이 있었다. 기본적인 점을 보장받고 우리는 맞은 편 연안으로 곧 돌진하는 네 대의 작은 배 위에, 보트 경기 하는 날인 것처럼 올라탔다. 강물은 말들의 이동으로 아직도 전율하고 있었다. 볼가 강의 중심에 이르자 배들은 조금 벗어난 길로 갔다. 그러나 가장 센 흐름은 지나갔으므로 배들은 잃어버렸던 속력을 되찾고 자신의 항로를 바로잡았으며, 처음 강으로 나갔던 바로 그 맞은편 지점에 접안하러 다가갔다.

강을 건너는 내내 나는 우리 배의 노 젓는 사람들을 관찰했다. 그들은 서로 놀랍도록 닮았다. 모두 사시에 겨우 눈뜬 듯한 모습이고, 평평한 코에 광대뼈가 튀어나왔으며, 노란 피부에 머리칼은 숱이 적고, 수염은 드물거나 콧수염만 제외하면 거의 없었다. 두 입술은 두껍고, 넓은 양쪽 귀는 뚜껑이나 유발의 손잡이처럼 머리에서 떨어져 있으며, 모두 아주 작은 발에 아주 짧은 색깔 장화를 신고 있었는데, 오랜 옛날에는 노랗거나 붉은색이었을 것이다. 모자만 같은 형태였다. 그것은 네모지고 노란 챙 없는 모자로서, 머리를 두르는 부분에는 검은 양털로 만든 머리띠가 붙어 있었다.

나는 남자들의 모자에는 국가를 대표하는 것보다 더한 그 무엇이, 종교적인 뭔가가 있다고 생각한다. 여자들의 모자는 분명 미신과 관계있을 것이다. 투메인 왕과 왕비에게 내가 자주 간청했음에도 불구하고 머리쓰개의 견본은 왕비의 것도, 궁녀들의 것도 전혀 얻을 수 없었기 때문이다. 사랑하는 여성 독자들이여, 그래서 나는 그대들의 아름다움을 돋보이게 해줄 그 수단을 얻지 못하고 프랑스로 돌아와서 낙담하고 있답니다.

강의 우안에 도착하자마자 투메인 왕은 대기 중이던 말 위에 뛰어올라 몇 가지 특이한 연속동작을 해보였다. 우리 생각에 그는 멋진 기수라기보다는 강건한 기수였다. 우리가 이해하는 마술馬術에 비교해 보니, 너무 높은 그의 안장과 너무 짧은 그의 등

자는 그가 강제로 서 있도록 하며, 안장과 그 아래 지지하는 부분 사이에 억지로 간격을 두고 있는 것이었다. 트로이아의 말이 로도스 섬의 거인의 두 정강이 사이를 질주하였듯이, 말은 글자 그대로 기수의 두 정강이 사이를 질주한 것이다.

게다가 칼미크 사람들은 안장 없는 말을 타지 않는 이상, 모두 같은 방식으로 말을 탄다. 유년기부터 그들은 말을 타며, 요람서부터 말을 탄다고도 할 수 있을 정도다. 투메인 왕은 내게 아들의 요람을 보여 주었다. 그것은 나무로 된 기계장치로서, 아기의 등에 꼭 맞도록 움푹 팠으며, 나머지 부분은 나무로 된 돌출부인데, 마구 제조점에서 안장을 매다는 곳과 유사한 돌출부다. 아기는 요람의 나머지 부분, 기저귀들을 갖춘 안장 뒤의 휘어 오른 부분 같은 곳에 말 타듯 걸터앉는다. 아기는 가슴을 조이는 가죽띠로 수직의 자세를 유지한 채 거기 선다. 기계장치 뒤에 있는 고리가 기계를 벽에 고정시킨다. 아기가 말을 타는 안장 뒤의 휘어 오른 부분은 움푹 파여서, 어린 기수가 원하는 대로 보낼 건 다 내보낼 수 있게 되어 있다. 보다시피 아기가 벌써부터 말을 타는 요람을 떠나게 되면, 칼미크인의 아이는 진짜 말이나 낙타를 탈 수 있을 때까지, 양이나 개의 등을 말 타듯 탄다. 그래서 탁월한 이 모든 조마사들은 발뒤꿈치는 너무 높고 신발은 너무 작아, 보행자로는 아주 시원찮다.

머리 위로 말이 날리는 모래를 뒤집어쓰고 기병의 기예를 보여 주는 우리 왕의 이야기로 돌아가 보자. 그가 신호를 한 번 내리자, 칼미크의 조마사들은 강을 건넜던 말들의 작은 일부분, 300~400마리 정도를 앞으로 몰아 강 연안으로 데려온다. 왕은 올가미를 잡고서 모든 반항적인 시위 행위에 조금도 신경 쓰지 않고, 뒷발길질하고 물고 울고 하는 말들의 무리 한가운데로 돌진했다. 그리고 가장 고집 세어 보이는 말 무리의 진을 빼놓았다. 말이 뭔가를 시도하면 자기가 탄 말을 질주하게 하여 그 말을 자기 무리들의 주위에서 떼어 놓는다. 사로잡힌 말은 입에 거품을 내물고 갈기는 곤두서고 두 눈은 피가 어린 채, 무리에서 퇴장한다.

자기의 의지와 반대로 이렇게 행동하도록 강제한 사람에게 야생의 말이 가하는 충격에서 스스로를 잘 지키려면, 정말 우위인 힘이 필요했다. 말이 자기 무리에서 고립되자마자, 칼미크인 대여섯 명이 말에게 달려들어 말을 쓰러트렸다. 그러나 칼미크인 한 명이 말 위에 걸터앉은 동안, 다른 사람들은 말의 올가미를 제거하고, 단 한 번의 몸짓으로 말에서 동시에 비켜났다. 말은 잠깐 동안 움직이지 못했다. 그리고 한 사람만 제외하고 자기의 모든 적수들을 몰아냈음을 알고는, 자기가 자유롭다고 생각하고 한 번 껑충 뛰며 일어섰다. 그러나 말은 여느 때보다 더 노예가 된 것이다. 왜냐면 밧줄과 완력의 물질적 힘에 이어 능란한 솜씨와 지혜의 힘이 따라왔기 때문이다. 허리에 어떤 무거운 짐도·매달아 보지 못했던 야생의 동물과 능숙한 기수 사이의 놀랄 만한 투쟁은 그때부터 시작한다. 말은 뛰어오르고 몸을 구르고 비비 꼬며, 그를 물려고 애를 쓰고, 머리를 두 다리 사이로 파묻고, 강으로 돌진하며, 미끄러운 비탈을 올라갔다가, 기수를 끌고 가고, 다시 본래 자리로 그를 데려왔다가 다시 데려가며, 모래 위에서 기수를 깔고 누웠다가 기수와 함께 일어나, 뒤에서 발을 밟더니 마침내 몸이 뒤집어졌다. 아무것도 소용이 없었다. 기수는 말의 허리에 들어붙은 것 같았다. 십오 분이 지나자 패배한 말은 용서를 빌고 헐떡거리며 드러누웠다. 다른 말들과 다른 기수들 사이에 똑같은 시험이 세 번 되풀이되었고, 세 번 다 사람이 이겼다.

그때 열 살짜리 아이가 하나 나타났다. 찾을 수 있는 가장 야성적인 말을 그 아이에게 맡겼는데도, 아이는 어른들이 한 그대로 했다.

지저분하긴 하지만 가슴을 드러낸 이 기수들의 움직임은 정말 멋졌다. 그들의 구릿빛 피부, 가느다란 팔다리, 야성적인 외모, 가장 심한 위험 속에서도 잃지 않는 조각상 같은 침묵까지도 포함하여, 이 모든 것은 인간과 동물 간의 이 집요한 투쟁에 고대적이고 켄타우로스그리스 신화 속 반인반마의 괴물적인 특징을 부여하고 있었다.

우리는 낙타 경주를 준비할 시간을 내기 위해 우선 점심식사를 하였다. 우리의 조마사들과 특히 아이들에게는 그들 몫의 음식물과 음료가 주어진다는 것을 왕에게서 들었다. 볼가 강변에 펄럭이는 긴 깃발을 단 기둥이 하나 세워졌다. 낙타 경주용 목표물이었다. 출발점은 거기서 강을 거슬러 1리유 떨어진 곳이며, 경주자들은 강의 흐름을 따라, 다시 말해 북서에서 남동으로 가야 했다. 왕이 쏜 총 한 발이 경주가 시작되었음을 알렸는데, 그에 응답하는 다른 총 한 발의 소리가 강의 메아리가 되어 우리에게 전해졌다. 우리는 오 분 후에 모래의 소용돌이를 일으키며 선두의 낙타들이 나타나는 것을 보았다. 낙타의 질주는 말의 질주보다 분명 3분의 1이 더 빨랐다. 나는 낙타들이 4베르스타 되는 그 거리를 주파하는 데 6~7분 이상은 걸리지 않는다고 생각한다. 첫번째 낙타가 목표물에 도착했는데, 겨우 10피트 거리를 두고 경쟁자가 뒤따랐다. 다른 48마리는 쿠리아티우스 형제들* 처럼 다른 간격들을 두고 도착했다.

상품은 코자크의 멋진 소총으로, 그것을 받는 승리자에게는 기쁨이 역력해 보였다. 이어서 루블-지폐 경주와 루블-은화 경주가 벌어졌다. 기수들은 안장 없는 말에 고삐 없이 말을 타야 하고 무릎으로만 방향을 잡을 수 있으며, 말에서 내리지 말고 지

* 기원전 7세기 로마 지역의 패권을 다투던 도시국가 로마와 알바 사이의 전쟁에서 호라티우스 3형제와 싸웠다고 하는 신화 속 전쟁 영웅들이다.

나가면서 작은 나무 꼬리표에 두른 루블-지폐를 주어 올려야 한다. 루블-은화 경주는 더 어려웠다. 땅에는 루블화가 납작하게 놓여 있다. 이 모든 훈련은 놀랄 만큼 능숙하게 진행된다. 각자는 패한 사람조차 모두 보상을 받는다. 이 선량한 칼미크인들보다 행복한 백성과 투메인 왕처럼 훌륭한 군주를 찾아보기는 어려울 듯하다.

하루는 점점 흘러갔다. 이 일련의 훈련들은 씨름으로 끝날 예정이었다. 씨름의 상은 거칠면서도 훌륭한 멋진 탄약통 하나와, 은으로 온통 장식한 거친 가죽 허리띠였다. 나는 눈앞에서 상을 보고 싶다고 하였다. 그러자 왕이 내게 그것을 가져왔다. 그걸 보자 나는 이 야성적인 걸작을 내 것으로 삼고 싶다는 생각에 강하게 사로잡혔다. "전사들과 싸워도 좋은가요?" 나는 왕에게 물었다. "무엇 때문에요?" 왕이 물었다. "상이 제 마음에 들어 꼭 갖고 싶어서요"라고 대답하니, "이 탄약통을 가지십시오. 마음에 드신다니 기쁩니다. 선물할 생각을 감히 하지 못했군요"라고 왕이 대답했다. "죄송합니다, 전하. 그걸 갖고 싶은 것이 아니라 그걸 따고 싶습니다." 왕은 말했다. "그대의 의도가 진정 싸우고 싶은 것이라면, 내게 당신과 싸울 영예를 허락해 주시오"라고. 이러한 제의를 받자 수락하는 것밖에 다른 할 말이 없었다. 나는 그렇게 하였다.

자연스레 작은 원형 굴 하나가 볼가 강변에 마련되었다. 구경꾼들이 자리를 잡았다. 나는 용감하게 원형 경기장으로 내려갔다. 왕은 나를 따라왔다. 상체를 싸고 있는 옷들은 모두 아래로 내리고 바지만 입고 있었다. 왕의 피부는 아주 맑은 밀크커피 색이었다. 그의 사지는 어쨌든 좀 마르기는 하였지만 그래도 자기 백성들보다는 훨씬 잘 균형 잡혀 있었다. 그것은 우월한 특질 때문이 아니라 영양이 좋기 때문이리라. 양팔로 서로의 허리를 얼싸안기 전에, 우리는 언제나 세상에서 제일가는 친구임을 증명하기 위해 구경꾼들의 박수갈채 가운데 서로의 코를 비비는 것으로 시작했다. 그리고 씨름이 시작됐다.

나보다 왕은 운동하는 습관이 더 있었지만, 내가 분명 더 강했다. 게다가 내가 믿었던 것은, 싸우면서도 그는 가능한 예의를 다 갖출 것이라는 사실이었다고 이제 고백해야겠다. 오 분이 지나자 그는 넘어졌고, 나는 그의 위에 넘어졌다. 그의 양어깨가 땅에 닿았다. 그는 졌다고 시인했다. 우리는 일어났다. 우리는 서로 다시 코를 비볐고, 자기 남편의 피부와 견주어 물론 상대적으로 내 피부가 더 하얀 것에 상당히 놀라고 있는, 왕비의 손으로부터 탄약통을 받으러 갔다. 왕은 볼가 강에 몸을 씻으러 갔다. 나는 그에게 꿀리고 싶지 않았다. 시월 말에는 볼가 강물은 따뜻하지 않다는 것을 나는 강조하겠다. 아마 거기서 10리유 더 가면 강에는 얼음이 한 켜 덮여 있을 것이었다. 그런데도, 옷을 입으면 억눌러야 하는 행복감을 나는 물속에서 더 강하게 느꼈을 뿐이다. 나를 아는 자들은 게다가 일기불순에 내가 얼마나 개의치 않는지 잘 알고 있다.

마지막 시합까지 마치고 나니 오후 다섯 시였다. 우리는 오후 다섯 시에 작은 배를 타고 볼가 강을 건넜고 다시 성에 도착했다. 거기 도착하니 어두운 밤이었다. 기선은 연기를 뿜으며 자신을 마음껏 사용하라고 우리에게 알리고 있었다. 우리는 이제 몇 시간만 지나면 투메인 왕의 영지를 벗어날 터였다.

이 이틀은 시간이 분으로 바뀐 듯 흘러갔다. 식탁에 다시 앉아야 하고, 『일리아스』의 주인공들이나 『거신과 신들의 전쟁』의 거신들을 위해 준비한 것 같은, 그 대단한 만찬 요리들 중 하나를 다시 많이 먹어 주어야 했다. 앞서 말한 한 병 용량의 은상감 뿔잔을 다시 비워야 했다. 이 모두를 다 할 수 있었다. 그토록 인간의 몸은 자신의 전제군주의 명령에 잘도 따랐다. 이어서 이 모든 일들 중 가장 슬픈 일로, 우리는 헤어져야만 했다.

왕과 나, 우리는 다시 코를 마주 비볐지만, 이번에는 열렬히 세 번 되풀이해서, 눈에는 눈물이 솟아오른 채 비볐다. 왕비는 그저, 단순히, 아주 순진하게 울면서, 전날 말한 구절을 되풀이했다. "오, 사랑하는 내 마음의 친구여, 나는 이보다 더 재미난 적이 없어요!"라고. 왕은 우리에게 다시 오겠다고 맹세하라 하였다.—칼미크로 돌아온다는 것, 그게 어찌 가능하겠는가! 그래도 나는 달라이 라마에 대고 맹세했다. 그것은 아무것도 약속하지 않는 것이다. 왕비는 내가 입 맞추도록 다시 손을 내밀었고, 내가 다시 온다면 남편의 허락을 얻어 두 뺨을 내어 주겠다고 약속했는데, 그 뺨의 빛깔은 아마에기 후작부인알프레드 드 뮈세의 시에 나오는 인물로, 안달루시아의 창백한 브루넷 미인과 견줄 만한 것이었다. 약속은 아주 유혹적이었지만, 칼미크는 아주 멀다! 저녁 아홉 시에 우리는 배를 탔다. 왕비는 증기선까지 우리를 배웅해 주었다. 그녀가 증기선에 오른 것은 처음이었다. 그녀는 아스트라한에 한 번도 와본 적이 없다.

투메인 왕의 포가 발사되기 시작했다. 연안의 대포가 이에 응답했다. 섬광신호들이 켜지고 우리는 벌써 적지 않게 환상적인 섬광 전부를 보았는데, 그것은 불타는 꽃불에 따라 차례차례로 초록, 파랑, 빨강이 되었다.

저녁 열 시였다. 더 이상 머물러 있을 방도가 없었다. 우리는 마지막 작별인사를 나누었다. 왕과, 같이 있던 자매와 함께 왕비는 강가로 되돌아갔다. 배는 기침을 하고 가래를 뱉고 움직이고 떠나갔다. 1리유 이상을 가는 동안 우리는 계속 포성을 들었고 탑과 성이 색색의 불빛으로 빛나는 것을 보았다. 이어서, 어떤 강굽이에 이르자 모든 것은 꿈처럼 사라졌다.

두 시간 후 우리는 아스트라한에 도착했으며, 여행의 여자 손님 세 사람은 내 방명록 위에 썼다. 다음 같은 로스토프친 백작부인의, "러시아의 친구들을 절대 잊지 마세요, 그 중에서도 유

독 이 로스토프친을"이라는 말 아래, "여행의 동반자들도 절대
잊지 마세요, 마리 피에트리젠코프, 마리 브루벨, 카트린 다비도
프. 볼가 강 위, 증기선 베르블리우 호 뱃전에서"라고.

옮긴이 해제

뒤마, 낭만주의 문학의 대표작가

1802년 북프랑스 빌레르-코트레에서, 나폴레옹 1세 휘하의 장군이었던 토마 알렉상드르 뒤마와 그 지역의 여관집 딸 마리 라부레 사이에서 알렉상드르 뒤마가 탄생한다. 뒤마의 할아버지는 1760년 산토 도밍고 섬으로 이주한 가난한 후작이었고, 그곳에서 흑인 노예 마리-카세트 뒤마와의 사이에 뒤마의 아버지를 낳은 것이다. 따라서 뒤마는 흑인인 조모의 피가 4분의 1이 섞인 혼혈이어서 인종주의적인 조소의 시선을 받기도 했다. 혼혈인이라는 정체성은 뒤마의 전 생애에 영향을 미쳤다. 뒤마는 1843년 자신의 소설을 빌려 다음 같은 말을 하고 있다.

> 내 아버지는 흑백혼혈이었고 조부는 깜둥이었소. 증조부는 원숭이였지. 알겠소, 선생? 당신네 가문이 끝나는 바로 거기에서 우리 가문은 시작하였소.

아버지 토마 알렉상드르 뒤마는 뒤마가 태어날 무렵 이미 퇴역한 상태로, 가세가 기울자 재산을 모두 처분하고 뒤마가 4세이던 1806년 사망한다. 뒤마는 정규 교육을 받지는 못했으나, 책을 좋아하여 남독하였고, 가난했지만 부친의 명망으로 귀족들과 교류하게 된다. 1823년 생계를 잇기 위해 파리로 가서 오를레앙 공작(후에 루이 필리프 왕)가에서 서기로 일하다가 곧 연극계로 뛰어든다. 1829년 사극『앙리 3세와 그의 궁정』으로 재능을 인정받고, 그 후 역사소설로 관심을 돌려『삼총사』,『20년 후』,『10년 후』,『철가면』등을 집필해 인기를 얻었다.

뒤마는 적어도 소설 205편, 희곡 25편을 썼다. 생전에는 작품을 총 121편 발표했으며, 현재까지 세계적으로 약 1,200권이 출판되었다는 설이 있다. 그는 발자크처럼 빚에 쫓겼고 빚을 갚기 위해 다작을 한다. 이것은 여러 사람들을 조수로 써서 가능한 것이었다. 오귀스트 마케는 거의 모든 작품 제작에 참여했다(후에 소송 제기). 제라르 드 네르발도 소설제조상사로도 불렸던 그의 공동작업에 참여하였다. 그는 문학에 대한 욕심도 많았지만 사회적 참여도 활발하였으며, 언론에도 관심이 많아『삼총사』, 『몽테크리스토』,『다르타냥』등, 여러 번 신문을 창간한다.

다소 다혈질에 허세가 있는 그의 그로테스크한 풍자소설들과 희곡들은 거칠고 경솔한 감상적 산문이라고 평가되기도 한다. 뒤마는 셀 수 없도록 많은 작품을 출판하고 수입도 많았지만 사치와 여성 편력으로 자주 파산했다. 그러나 빚을 갚기 위해 쓴 여행기들은 소설만큼 큰 성공을 거두지는 못했다.

뒤마는 자기의 시간들을 문학과 요리 사이에 꾸려 나갔다. 글을 쓰지 않을 때는 "작은 양파라도 튀기고 있어야" 했다 한다. 술 감식가에, 대식가, 식도락가, 탐식가, 요리사였으며, 사후 어렵게 출간된 『요리대백과』 *Grand dictionnaire de cuisine*의 저자이기도 하다. 그러니 포도주를 감식하고 말고기 육회에 대해 진취적인 평가를 내리는 것 등은 자연스런 일이다. 러시아에서 얻은 습관인지 캐비어와 기러기 간을 제일 즐겼다 한다.

그러나 알렉상드르 뒤마는 그 모든 유전적이고, 사회적이고, 문학적이고, 금적전인, 그리고 가족적이고, 육체적인 짐에 눌려 있었다. 그는 숨을 쉴 공간이 필요했을 것이다. 투메인 왕비에게 바치는 시에서 뒤마는 "사람이 마침내 숨을 쉬는 경계 없는 대초원"에 대해 말하고 있다. 중독은 중독으로 치유되기도 한다. 그의 일생을 일별하며 잠시 따라가 보기만 해도 숨이 찰 지경이니, 그에게는 이 모두를 중화시킬 공간 이동이 필요하였을 것이다. 그는 말한다.

여행한다는 것은 완전히 말 뜻 그대로 '사는 것'이다. 현재를 위해 과거와 미래를 잊는 것이다. 그것은 '가슴을 열어 숨을 쉬는 것'이고, 모든 것을 즐기는 것이며, 자기 것인 물건을 소유하듯 창조를 소유하는 것이고, 땅에서 아무도 뒤지지 못한 금광을 찾는 것, 대기에서는 아무도 못 본 경이로움을 찾는 것이다. 무식하고 무심하게 대중이 앗아 갔던 진주와 금강석을, 대중의 뒤를 지나가면서 눈송이와 이슬방울을 위해 풀섶 아래에서 다시 주워 모으는 것이다 (『여행의 인상』*Impressions de voyage*, 따옴표 강조는 옮긴이).

그의 여행기는 스위스, 남프랑스, 이탈리아와 시칠리아, 벨기에와 라인 강, 피렌체, 파리에서 카디스, 알제리와 튀니지, 스페인과 북아프리카, 네덜란드, 런던, 그리스, 북부 이탈리아, 나폴리, 오스트리아와 헝가리, 다시 스페인 등 여러 곳에 대한 것이다. 많은 시간을 들여 많은 여행을 하고 많은 여행기를 썼다.

그러나 그의 러시아 여행은 사실 그가 20~30년간 간직해 온 갈증을 풀고자 한 것이다. 그것은 모든 여행의 밑바닥에 있었던 동양에 대한 채울 수 없었던 갈증이었던 것이다. 서부 유럽을 수차례 속속들이 여행하고 수많은 여행기를 쓰고 아프리카 일부까지 여행한 그가, 여행병에 걸린 듯 여전히 목말라한다. 칼미크에 가서야 드디어 만나게 될 '여행자의 이상형'을 아직 찾지 못하였던 것이다.

내 발 아래 두세 개의 문명의 먼지를 일으키는 것. 나의 열망은 빛나는 동방을 향한 것이지, 안개 자욱한 서양을 향한 건 아니었다. 이탈리아, 그리스, 아시아, 시리아, 이집트를 향해 있었다.

동양과의 만남

뒤마는 러시아에 대해서 오래전부터 꿈꾸어 왔고, 그 나라 역사의 사소한 일화, 그 세세한 부분들까지 잘 파악하고 있었다. 그의 열망을 이해한 친구이자 '러시아국'의 첩자 샤를 뒤랑은 러시아 교육부 장관 세르주 우바로프에게 1839년 5월 12일자로 보낸 '극비의' 우편물 속에서, 다음의 계획을 피력한다. 뒤마는 신작 『연금술사』를 황제에게 보내고, 황제는 답례로 상트-스타니슬라스 훈장을 수여한다는 것이다. 차르는 훈장을 수여함으로써 자기가 폴란드의 권위 있는 훈장의 주인이라고 선언하고, 폴란드를 지배하는 러시아의 절대력을 억지로 인정하도록 하는 것이다. 프랑스 낭만주의자들에게서 야유를 받던 니콜라스 황제의 폴란드에 대한 탄압 정책에 대한 악평을 무마하고, 프랑스의 문학 살롱에 그 사실을 크게 알리는, 말하자면 뒤마는 그의 정치적 선전자가 되는 것이었다.

각하, 파리의 폴란드인들에게 벼락같이 심한 타격을 가하기 위해서는 폐하에게 이급 상트-스타니슬라스 훈장을 바로 수여하시도록 아뢰는 것이 시기적절하지 않을까요? 우리 프랑스 제일의 천재들이 차르로부터 훈장을 받는다면, 폴란드의 유일하며 진정하신 군주께서 수여하신 폴란드 훈장을 목에 걸고 폴란드인들과 그 친구들 앞을 거니는 것을 보여 주는 것이 고무적이 되지 않을까요?

그는 유럽에서 가장 몽매주의자abscrantist이자 탄압적인 군주를 '가장 계몽적인 개화된 제왕'이자 '예술의 유일한 옹호자'로 묘사하는, 지나치게 아첨조의 편지를 동봉하여 『연금술사』를 니콜라스 1세에게 보낸다. 그러나 황제는 초청은 말할 것도 없고 훈장은 수여치 않았으며, 니콜라스 로마노프 황제의 이니셜 'NR'이 새겨진 반지 하나만 보냈을 뿐이다. 뒤마는 감사를 표했지만 사실 말할 수 없도록 상처를 받고 곧바로 『검술사범』 쓰기에 전념한다. 니콜라스 황제에 대한 개인적 복수였다.

소설 『검술사범』은 러시아 제정 권력에 대한 조롱이었으며, 동시에 자유주의자들에게 보내는 우호적 메시지였다. 실제로 『검술사범』의 주인공들은 입헌정치를 실현하기 위해 1825년 12월 자유주의 쿠데타를 일으킨 젊은 장교들, '12월당원'Decembrist들이었다. 러시아판 프롱드난이었던 그 사건은 자유주의적인 사상들에 대한 불신을 니콜라스 1세 황제에게 각인시켜서, 연루자들은 모두 교수형당하거나 시베리아로 종신유형당하였다. 『검술사범』은 '니콜라스 황제 타도'를 외치는 반역자들에 대한 호의적인 묘사였다. 그 소설이 1840년 출간되자 니콜라스 1세는 즉각 그 소설을 검열대에 올렸고, 이후로 뒤마는 러시아에서는 '페르소나 논 그라타', 즉 기피인물이 되어 있었다. 그러나 1854년 니콜라스 1세가 사망하고 관용적인 그의 아들 알렉산드르 2세가 뒤를 잇자 모든 것은 변한다. 12월당원들은 특

사로 풀려나고, 프랑스의 선구자들과 러시아의 백성들은 더 이상 교제할 수 없는 사이가 아니게 된 것이다.

1858년 6월 뒤마는 파리에서 러시아의 부유한 쿠찰레프-베즈보로드코 백작부부를 만났다. 그들은 이탈리아의 마에스트로, 의사, 강신술사 등 화려한 수행단을 동반하고 유럽을 순회 중이었는데, 러시아로 떠나기 5일 전, 뒤마를 러시아에 초청하여, 그들의 경비로 뒤마는 화가인 친구 무아네와 동행하게 된다. 그는 1858년 6월 15일 통역 칼리노와 모스크바, 볼가, 캅카스, 바쿠까지를 목표로 파리를 떠나, 슈체친에서 블라디미르 호에 승선하여 상트-페테르부르크에 도착한다. 그가 만든 주간지 『몽테크리스토』의 문예란에 실린 여행기를 읽고 그 모험여행의 선발대를 따라 여행한 파리 사람들도 있었다. 그 기사들은 「파리에서 아스트라한까지」 속에, 이어 『러시아 기행』 속에 통합된다. 1858년 6월 17일자 『몽테크리스토』는 쓰고 있다.

6월에는 페테르부르크[상트-페테르부르크] 전체가 온통 뒤마 씨에게만 관심이 쏠려 있었다. 페테르부르크 사회 각계 각층에서 그에 관한 다양한 소문과 이야깃거리가 돌아다닌다. 어떤 대화도 그의 이름을 말하지 않고는 진행되지 않으며, 그는 모든 축제들과 모든 공공 회합에 참석했다.

뒤마는 제 나라를 여행하듯 편히 여행하였지만, 그의 모든 행동들은 긴 여행 내내 그를 감시하던 비밀경찰국, 가공할 페테르부르크의 '제3분과'에 전달되었다. 작가는 어디서나 우애롭게 영접받는다는 사실에 매혹되어 그 사실을 알아채지 못하였던 것이다. 다음은 그 보고의 일부이다.

아스트라한에 머물 때 뒤마 씨는 예의 있고 점잖게 행동하였습니다. 그러나 그의 대화는 농부들의 풍속의 개선에 관한 한, 그리고 러시아에서 내란이 일어날 경우 반대파들이 지니게 될 중요성에 관한 한, 사람들의 심적 경향을 애써 악의적으로 왜곡하려는 경향을 암암리에 드러냈습니다

"일찍이 이와 비슷한 어떤 소란도, 어떤 혼란도, 어떤 난리법석도 유럽의 시선이 관찰한 적은 결코 없었다"라고 말하고 있듯이, 뒤마는 아스트라한의 카스피 해에 이르는 하구까지 볼가 강을 쭉 따라 내려가면서 신비한 칼미크족을 최초로, 고유의 시선으로 관찰하고자 했다. 그는 1859년 3월 9일 마르세유로 귀환하였으며, 배에서 내릴 때 털모자를 쓰고 탄약통과 군도를 착용하여, 그야말로 칼미크식의 성장인 채였다. 바로 이 칼미크족과의 만남이 그의 『러시아 기행』 중 가장 특이한 만남이다.

나는 말할 수 없이 놀랐다. 그러니까 나는 예상 못했던 복병, 다시 말해 여행자의 이상형을 드디어 만난 것이다!

프랑스 대중들에게 몽골족의 후손인 이 소수 종족은 19세기에 대단히 인기가 있었다. 스타엘 부인, 볼테르 등도 그들에 대해 언급하고 있으며, 칼미크족을 표현한 인물초상화집들은 당시에 넘쳐나고 있다. 유럽에서 불교를 믿는 유일한 종족이었기 때문이다.

17세기에 러시아의 차르들은 회교도인 다른 돌궐-몽골족이 점령하던 "러시아 남부의 대초원으로 전투적 야욕을 한정시킨 칼미크족을 환영하였다. 타타르족들과 아무런 종교적 유대가 없어 서슴지 않고 그들의 사지를 절단내어 버리는 유목민 부대의 존재는 모스크바로서는 예상 못한 으뜸패였다. 창, 활, 화살로만 무장한 기병이지만, 시대에 뒤진 야만성으로써 게으른 군인들을 겁주던 칼미크 부대를, 표트르 대제는 위험을 무릅쓰고 러시아 군대에 배속하기까지 한다. 그리하여 프랑스군의 퇴각 이후 러시아인들은 나폴레옹의 대육군 부대를 추격하여, 1815년 알렉산드르 1세가 백마를 타고 파리에 입성하기까지 하였을 때, 이 낭만적이고 우아한 군주는 칼미크 기병대라는 더욱 기상천외한 부대를 거느리고 왔다. 이 부대는 산책 나온 파리 시민들의 호기심에 찬 대단히 놀라는 시선을 받으며, 샹젤리제의 공원에 천막을 치고 튈르리 궁의 연못에 말을 물 먹이러 왔다"(인류학자 샤를 스테파노프).

종합 다큐멘터리

뒤마는 잘 알려진 작가지만 우리가 일반적으로 알고 있는 것은 재미있는 스토리 작가로서의 면모다. 대중작가로 너무 알려져 그의 진면이 일부 가려졌던 것이다. 그러나 이 여행기를 통해 우리는 뒤마의 저력을 확인할 수 있다. 화자는 자신과 주변을 유머 있게 보면서도 통찰 혹은 혜안을 얻을 수 있도록 어떤 자극을 얻고자 한다. 그 결과 여행지의 역사·경제·지리·정치·사회·언어·예술·문화·종교 등에 대한 일화들과, 튀기 민족까지 포함해, 여러 종족들에 대한 묘사들을 현기증 나게 펼쳐 낸다.

이 모두 사물에 대한 근본적인 이해에 근거하여, 판에 박힌 시선은 적었다. 그는 광범위한 이해력과 지식뿐 아니라, 단단한 문체 탓에 때로 거리를 두고 되새김질을 해야 되는 독특하고 난해한 글쓰기를 보여 주기도 한다. 인종주의를 벗어난 시선을 견지하려는 노력들은 특히 인상적이다. 그것은 그의 출신 때문이라고 한다면 또 다른 그에 대한 편견일까? 문필가로서의 위치, 정치적 경험, 그리고 무엇보다 그가 신문을 몇 번 창간하였다는 점들을 고려하면, 그의 다양한 시선에 대해 납득할 수 있다. 문체도 별로 낡지 않아, 그의 글은 소설처럼 끄는 힘이 있다.

이 아홉 달 여행의 첫 장은 서유럽을 건너 배로 페테르부르크에 도착하는 것부터 시작하며, 우리의 번역 부분에는 안 나오지만, 러시아 세무 공무원의 가렴주구에 대한 비판적 관찰들, 모스크바 대화재 현장의 구경에 이어서, 『검술사범』의 실제 주인공들과도 만나는 이야기도 나온다. 이어 볼가 강을 따라가며 카잔, 아스트라한을 구경하고, 미개발 야생지역들을 건너가며 키르기스스탄을 여행한다. 칼미크의 투메인 왕을 만나고 만 마리의 야생마들이 볼가 강을 건너는 광경을 목격하는 것은 그의 동방여행의 핵심 부분이다. 그리고는 캅카스 지방으로 넘어간다. 이 글은 그 모든 인상들과 실제 체험으로 넘쳐 나며, 19세기 중엽까지 러시아 역사와 사회에 관한 그의 박학한 지식들에 기초한다.

문명의 변모나 지역적 헤게모니의 변화들은 감안해야 하지만, 이 글을 읽으면 그곳의 광막한 대자연을 돌아보고 싶어진다. 문명의 전시장인 대도시들보다 아프리카, 남미, 발칸반도, 중앙아시아 등이 여행의 블루오션이 될 것이라고 보았을 때, 이 글은 바로 여행에의 초대이다. 풍광과 풍속과 그 속의 사람들에 대해 과장 없이 묘사하고 있는 이 글들은 여행자들에게 많은 영감을 줄, 대단히 사실적인 기록이기 때문이다.

이 책 『뒤마의 볼가 강』은 『러시아 기행』 중 「파리에서 아스트라한까지」에서 발췌한 것이다. 그것은 아스트라한, 아르메니아와 타타르, 칼미크의 세 부분으로 되어 있고, 가장 비중 있는 부분이 칼미크이다. 이 나라에 대해서 이처럼 생생히 관찰기록한 글은 뒤마가 말하듯 최초이다. 적어도 한국에서는 산업적 목적의 글 외에는 자료가 거의 없다. 많은 영상물에서 라마교, 티베트, 몽골, 중앙아시아 등은 큰 분야를 점해 가고 있다. 선교단이나 대학 봉사단이 그곳으로 가기 시작하였지만, 아직은 덜 개척된 여행지에 우리는 제일 먼저 초대받는 행운을 누린다.

이 여행기는 지역적, 지정학적, 역사적 사실들의 인식에서 출발하여 인류학적, 민속학적, 여행문학적인 자료들과 정치적, 문화적, 예술적 관찰과 영상들로 넘쳐 난다. 힘의 역학, 동서문화의 수수, 민족들의 존재양식, 인간과 그 삶의 이해 등 다양한 관점과 의미를 찾을 수 있다.

그러나 어떤 민족보다 칼미크에 대한 묘사가 압도적이다. 당시 '동방'은 유럽 사회에 크게 유행하고 있었으며, 칼미크도 야만족이라는 측면보다 유럽에서 유일한 불교국가라는 측면이 호기심을 끌었다. 그 나라야말로 뒤마의 동방여행의 열망과 갈증을 비로소 충족시켜 주는 유일한 곳, 드디어 '여행자의 이상형'을 찾은 곳이었다. 뒤마는 상상으로 그렸던 대자연을 만나, 마침내 제대로 숨을 쉬게 된다. 그는 "무식하고 무심하게 대중이 앗아 갔던 진주와 금강석을" '눈송이와 이슬방울'로 다시 모아들이겠다는, 자신의 여행의 목적을 되찾았다고 믿는다.

『뒤마의 볼가 강』 읽기

『뒤마의 볼가 강』은 강 자체보다 강을 끼고 살아가는 사람들에 대한 글이다. 혹한기에 고기잡이 갔다가 빙하에 떠내려 가는 어부들, 그들의 정착촌, 독특한 어로행위 등은 오늘날에도 생생한 삶의 이야기다. 영화 「코브」를 연상시키는 고래잡이 비판도 인상적이지만, 캐비어를 프랑스에까지 가져왔고 가장 즐겼다고 하는 작가의 무심함도 특이하다. 또한 작가는 비교문화적 관점에서 아르메니아인과 칼미크인의 습속, 결혼, 탄생, 장례 문화 등을 관찰한다. 칼미크의 승려계급과 타타르인들의 하렘에 대한 비판도 흥미롭지만, 칼미크 왕에 대한 비판이 결정적이고 인상적이다. 그것은 소유와 서양문명의 수용에 대한 비판이다. 왕의 소유물들과 대비되는 자존감의 결여를 그는 쉽게 지적한다.

그러나 도자기 속에도 유리병 속에도 물은 한 방울도 없었다. 중국 도자기는 모두 장식으로 거기 있었던 것이며, 전혀 다른 용도는 없었던 것이다. …… 그러나 피아노와 방명록도 마찬가지지만, 그에게는 자기 도자기와 대야들을 사용할 기회가 필요했다. 그 기회를 그는 아직도 찾아내지 못했던 것이다. 나는 상자의 병들에게 도움을 청했다. 강물이나 연못물이 없으므로 거기서 오드콜로뉴나 포르투갈 수를 찾을 수 있기를 원했다. 결국 언제나 물이 문제였다. 그러나 전혀 없었다. 병 하나는 버찌 술, 다른 하나는 아니스 술, 세번째는 퀴멜 술, 네번째는 노간주 술이 들어 있었다. …… 왕은 불필요한 것은 너무 많이 가졌지만 필요한 것들은 너무나 부족하구나, 라고 한탄하며 잠들었다.

소유에 대한 생각은 불교적 생각의 이입일 수도 있다. 서양 문물에 대한 집착을 비판하는 것은 선진국의 입장에서는 더 쉬울 것이다. 그러나 그 비판은 성급하기만 한 것일까. 자존감이 부족한 허약한 장치라는 소감은 우리가 예를 들어 아프리카의 작은 부족들의 경우에서 흔히 느끼는 것일 수도 있다.

피아노, 샹들리에 등은 우리보다 빨랐던 소위 개화를 보여 준다. 그러나 칼미크는 역학상, 지정학상 필연적으로 개방으로 간 것이다. 개화가 '문을 여는 것'이라면 나라의 문은 처음부터 닫혀 있지 않았다. 타협하고 용병을 자처하며, 고유의 언어와 문화와 대초원을 나름대로 지킨다고 생각하는 것이다.

프랑스의 유행들이 여섯 주 시차를 두고 소개되고, 뒤마의 여행기 일부는 거의 실시간으로 그의 주간지에 실리고, 일부 러시아인들이 오류까지 지적할 수 있을 정도로 프랑스 문학을 잘 알고 있었다는 사실, 그리고 선택받은 자들이 누리는 서양식 교육의 혜택과, 왕비에 대한 묘사, 서양풍으로 미의 기준이 옮아 가는 과정 등은 우리의 개화백경을 보는 듯 재미있다.

문화의 교류에 대한 자료들도 여러 곳에서 찾아볼 수 있다.

우리의 정과처럼 만드는 아르메니아의 잼, 제주도의 것과 유사한 말 안심살 육회 등, 작가의 시선은 다양한 곳에 가 닿는다. 독특한 차의 레시피가 이미 프랑스에도 알려졌을 정도로 두 문명이 서로 교류한 부분도 나온다. 그러나 모카커피, 중국의 덩어리차, 중국 도자기와 대야, 수정 샹들리에, 샴페인, 에라르 그랜드 피아노, 수입한 문구류 등은 마침내 작가에게 다음처럼 외치게 한다.

오 문명이여! 내가 어디선가 다시 너를 만나 너의 희생제물이 된다면, 그건 단연코 우랄 산맥과 볼가 강 사이나, 카스피 해와 엘톤 호수 사이에서는 아닐 것이다!

문명을 만나지 않았으면 한다는 뒤마의 한탄은 공감을 불러일으키지만, 그것은 그야말로 여행자의 이기적인 이상일 뿐이다. 여행자의 기대는 그들의 삶과는 무관하며, 그것의 밖에서 삶은 지속된다. 완전한 폐쇄나 샹그릴라는 불가능한 것이니, 소유한 것이 많은 여행자는 그것을 바랄 권리가 없는 것이다!

누군가 말한다. 왜 투메인 왕이 뒤마에게 그렇게 호사스런 접대를 베풀었는지 모르겠다고. 그러나 우리는 눈치챌 수 있을 것이다. 러시아의 정치적 계획에 의하였는지, 왕의 선함과 지나친 여유 탓인지는 모르겠으나, 결국은 자존감이나 주체성과 관련

된 것이며, 약자의 행위가 아닌가 하고. 그러나 그러한 환대가 자국에 대한 역사적이고 거의 유일한 르포르타주를 최소한 남겼으니, 투메인 왕의 기업가적 혜안인지 모른다고 옮긴이는 스스로 위로한다. 왕은 사실 선진국의 대표적 지식인을 환대하면서도 백성들에게 더 신경 쓰는, 전제주의긴 하나 힘 없는 나라의 어진 왕이다.

이 나라에서 프랑스보다 앞서 양성 평등을 인정하는 개방성에 대해서도 작가는 말한다. 그러나 사실은 상대적 생각이다. 인종차별적 시선에서 벗어나 생명력을 얻은 그의 글이지만, 종교와 예술에 대한 깊이 있는 접근도 시간상 불가능했을 것이다. 그러나 '기도하는 기계'마너차, 불교 음악과 나각소라 모양 악기, 바라 등의 악기, 복식 묘사와, 순수한 교감을 위한 코 인사, 기수 교육용 아기요람, 몽골식 게르, 몽골식 이사법에 대한 묘사들은 자료적 가치가 당시에 특히 더 컸을 것이다.

섬에서의 사냥여행은 식민지시대의 향수에 젖어 오늘날도 행해지는 아프리카의 사냥 사파리를 연상시킨다. 직업적으로 곡하는 사람, 매매혼, 약탈혼, 씨름, 둑막이 행사, 오늘날 중앙아시아에서 그대로 이뤄지는 매잡이 사냥과 야생마의 순치馴致를, 작가는 가감 없이 다큐 영상으로 옮긴다. 그리고 마지막으로, 세렝게티 평원의 누 떼처럼 거대한 강을 건너는 '화려하게 야생적이고', '찬란하게 가혹한' 만 마리 말들의 광경을.

모든 기록이 과거의 기록으로만 그치는 것이라면 칼미크에 대한 애달픈 마음밖에 남는 것이 없을 것이다. 그러나 야생마 순치와 매잡이에서 보듯, 칼미크는 물에 잠겨 사라질 투발루 공국도, 파인만 박사가 죽도록 원해도 결코 가지 못했던 투바 공화국도 결코 아니며, 적어도 가상의 몰바니아는 아니었다. 왜냐면 그들은 때로 타협하면서도 자신을 완전히 잃지는 않고 적응하여 살아가는 뛰어난 유목민들이기 때문이다. "먼 곳까지 바라보는 눈을 가진 대평원에 사는" 종족이며, "나침반도 없이, 천문학의 지식도 없이, 거대한 고독 속에서도 경탄스럽도록 자기 방향을" 잘 찾아내기 때문이다.

현재의 칼미크

끝으로 이 책을 읽는 내내 궁금하였을 칼미크의 현재 위상 소개이다. 프랑스어 calmouk, 영어 kalmyk는 "칼미크의, 칼미크족의, 칼미크어의, 칼미크 사람의" 등을 뜻하며, 나라 이름은 통일되지 않아서, Kalmykiya, Kalmoukie 등으로 적힌다. 칼미크에 대한 많지 않은 자료들을 역사·경제·지리·정치·사회·언어·예술과 문화·종교 등에 걸쳐 간단히 소개한다.

위치 러시아 남서부(동경 44°16′, 북위 46°19′)
수도 엘리스타Elista

면적 74721.3제곱킬로미터

지리 카자흐스탄과 맞닿아 있고 카스피 해 북서쪽, 볼가 강 하류 서쪽에 위치한 대한민국보다 조금 작은 나라다. 많은 지역이 광활한 저지대이자 반사막지대이다. 북쪽으로 롬질진흙·모래·유기물로 된 흙의 토지와 대초원이 있다. 기후는 여름에는 덥고 건조하며, 겨울에는 추운 극단적 대륙성 기후를 나타낸다. 겨울 평균기온은 영하 7~8도, 여름 평균기온은 영상 24~26도, 연평균 강수량은 동부는 200밀리미터, 서부는 400밀리미터로, 우기를 제외하고는 연중 건조하다. 대부분의 지역이 카스피 해 북부의 광활한 저지대에 걸쳐 있어 해수면보다 낮은 곳이 많다. 서쪽 국경을 따라 뻗어 있는 구릉지대의 동쪽은 수많은 골짜기 및 협곡으로 이루어지며, 예르게니 구릉지대에는 스텝형 식생이 나타난다. 골짜기에는 버드나무·느릅나무·포플러가 주종을 이룬다. 여름에는 모기가 다량 발생한다.

언어 공식 언어는 러시아어와 칼미크어이다. 언어는 알타이어계 몽골어를 사용하였으나, 스탈린의 소위 인종정화정책으로 칼미크 공식어는 러시아어가 된다. 1963년에서 1993년 사이, 칼미크어 교육 금지정책 이후로 많은 칼미크인들이 칼미크어를 더 이상 사용하지 않았으나, 근래에 당국은 칼미크어 교육을 다시 권장하여, TV에서는 러시아어와 칼미크어가 약 50% 대 50%의 비율로 방송 중이다.

역사와 사회 12세기 무렵 예니세이 강 상류지역에서 반수렵, 반목축 생활을 하다가 칭기즈칸에게 복속되었으나, 원나라 쇠망 후 세력을 키워 15세기 무렵 전 몽골을 지배하였다. 칼미크족은 16세기 말과 17세기 초에 중앙아시아에서 카스피 해와 볼가 강 유역으로 이주하여 유목생활을 했고, 1757년 청나라에 멸망하였다.1771년 러시아에 망했다는 설도 있음. 이후 1920년에 칼미키야 자치주가 수립되며 다른 러시아 지역에 살던 칼미크인들도 자치주로 이주해 와서 살게 되었다. 1936년 공화국이 되었지만, 1944년 나치독일군에 협력했다는 근거 없는 혐의를 받아 중앙아시아로 강제이주 당하면서 공화국도 해체된다. 후르시초프에 의해 귀향을 허락받아 1957년 자치주로 재수립되고, 1958년 칼미크자치공화국공식 웹사이트 http://kalm.ru으로 승격된다. 1980년대 후반부터 스탈린의 강제이주에 대한 항의와 지역의 지하자원의 통제권에 초점을 맞춘 민족주의 운동이 발흥하여, 1990년 공화국 주권선언을 한다. 1992년 신연방 조약이 체결되면서 러시아연방의 칼미키야 공화국이 되었다. 국민은 주로 칼미키야인, 러시아인, 다게스탄인이다.

국민 인구는 28만 2,170명(인구밀도는 4명/km², 2006년 기준). 칼미크인들은 칼미크 인구의 반을 차지한다. 17세기 중국 황제에 의해 서쪽으로 밀려났던 중앙아시아의 중국계 투르키스탄의 후손들인 그들은, 그때부터 아스트라한 주변, 볼가 강의 델타 지역에 정착한다. 18세기에 그들 중 일부는 조상의 땅으로 이주하였다. 중국에 도달한 이 소수민족을 '서양 몽골인들의 동맹을 칭하는' 오이라트족이라고 오늘날 부른다. 카스피 해 연안에 남아 있던 자들은 스스로 'Kalmyks'^{'남은 자들'이라는} 뜻라고 칭하였다. 러시아 차르들에 이어 소비에트 체제에 복종하던 그들은 고유의 문화와 언어를 간직하고 서서히 정착하였다. 20세기 초기에 백러시아군에 참전했던 많은 칼미크인들은 볼셰비키 혁명 후 러시아에서 피신하여, 그들 중 수만 명은 오늘날 프랑스 국적이며, 소수는 이슬람으로 개종하여 키르키스스탄에 산다. 레닌의 친조부모도 칼미크인이다.

경제 지방민의 비율이 많아 도시화 인구는 전체 인구의 55.7%에 지나지 않으므로, 아직 1차산업에 상당수 종사한다. 카스피 해 연안에는 캐비어 생산 등 어업이 활발하며 카스피스키에 대규모 어류가공 공장이 있다. 엘리스타·카스피스키를 중심으로 가죽·양모·버터·치즈 등 축산가공업이 이루어지며, 예르게니 구릉지대에서는 곡물·옥수수·겨자씨·해바라기·멜론 등이 생산된다. 주요 수송수단으로 철도^{키즐랴르~아스트라한}와 반^半사막을 통과하는 자동차도로가 나 있다. 55억 톤의 석유와 5,200억 입방미터의 천연가스가 매장돼 경제적 가치가 높으며, 우리나라 석유공사와 석유공동개발 조사사업 양해각서의 말이 오간 것으로 알려졌다. 암염 또한 주요 천연자원이다.

칼미크인에게는 말과 아내라는, 인생의 두 보물이 있다 한다. 전통적으로 말, 소, 양, 염소, 낙타들을 방목하여 살아가는 유목 민족인 이들이 1950년대에 지어진 회색 아파트가 몰려 있는 도시에서 소련식대로 살아가도록 강요를 받고 있고, 구소련 붕괴 이후 많은 경제적 어려움을 당하고 있다. 통화는 루블화.

정치 여러 번 재선되어 임기연장을 함으로써, 1993년 이래로 대통령은 키르산 일륨지노프Kirsan Ilioumjinov이며, 자유주의를 표방하며 종교의, 특히 티베트 불교의 중흥을 도와주고 있다. 1990년 중반에는 불교사원 수가 30여 개에 도달했다. 그러나 어떤 대가든 치를 각오를 하고 외국 투자자들을 끌어들이려는 친서방주의자이며 대부호인 이 젊은 대통령이 집권한 이래, 유일한 야당지의 편집장이 1998년 암살당하는 등, 언론 자유가 위협받고 있다 한다. 국제 체스연맹회장 출신 대통령은 수도 거리에 철장을 세워 놓고 술 취한 자를 가두어 망신 주는 기행으로도 유명하다 하며, 최근 한국의 대통령 취임식에도 참석했다.

문화예술 2006년에는 엘리스타에서 세계체스챔피언전이 벌어졌다. 학교에서 체스는 의무 교과목이다. 현 대통령도 체스 챔피언이며, 외국에 잘 알려진 칼미크인은 시인이자 전통가요 가수인 오크나 차한 잼Okna Tsahan Zam 정도가 있다. 이곳을 지나는 국제자동차연맹의 마스터 랠리가 유럽과 아시아를 무대로 하는 유일한 랠리로 유명하다. 아스트라한으로 내려가면 볼가를 따

라 달리는 코스가 이어지고 타이가 지방의 반사막 지역의 대초
원을 질주한다. 엘리스타를 거치면 '작은 몽골'이라 불리는 칼미
크의 대초원을 거쳐, 흑해의 임페리얼 리비에라에 도착한다.

종교 부처상이 수도 중앙에 있을 만큼, 칼미크는 우랄 산맥 서쪽
동유럽의 유일한 불교국이다. 칼미크 3대 종교는 티베트 불교,
러시아정교, 샤머니즘이다. 러시아에는 불교도가 1백만 명인데,
이들은 부리아티, 투바, 칼미크공화국에 존재한다. 불교는 18세
기 초엽에 도입되었으며, 혁명 이전에는 칼미크에 불교사원이
105개 있었다. 대부분 스탈린 시대에 파괴, 약탈되고 라마승은
수백 명 투옥됐다. 2차대전 후 러시아는 박해를 중지한다. 시베
리아로 강제이주했던, 그리고 거기서 50퍼센트가 사망하고 살
아남은 칼미크인들의 귀환 후에, 불교가 용인된다. 현 14대 달
라이 라마 텐진 갸초Tenzin Gyatso는 1991년, 1992년, 2004년에
칼미크를 방문했는데, 최근 방문은 엘리스타의 사원 건립을 축
성하기 위한 것이었다.

알렉상드르 뒤마 연보

1802 프랑스 북부 빌레르-코트레에서 탄생.

1806 뒤마의 아버지 토마 알렉상드르 뒤마 사망.

1819 아돌프 드 뢰방(Adolphe de Leuven)이 뒤마를 현대시에 입
문시켜 준다.

1823 푸아 장군의 후견으로, 막강한 권세를 누리던 오를레앙 공
(루이 필리프)의 비서로 팔레 루아얄에 근무.

1824 아들 알렉상드르 뒤마(『춘희』의 작가, 소小 뒤마)의 탄생. 그
는 같은 층에 살던 양장점 직공 로르 라베와의 사이에서 태
어났으며, 1831년에야 뒤마는 그를 자식으로 인정한다.

1828 첫번째 극작품『앙리 3세와 그의 궁정』(Henri III et sa cour)
을 발표하며, 새로운 낭만주의극의 선구자 역할을 하게 된
다. 빅토르 위고의 『에르나니』(Hernani)가 '시의 스캔들'이
란 평을 받았음에 비해, 이 작품은 '산문의 스캔들'이라는 좀
덜한 평가를 받지만, 1829년 코메디 프랑세즈에서 대성공
을 거두며 공연되고, 이로써 뒤마는 대중적 명성을 얻는다.

1830 7월혁명 때 루이 필리프를 지지하였으나, 장관직을 수락하
지 않자 실망하여 그를 떠남.

1844 『삼총사』(Les Trois Mousquetaires) 발행. 포르마를리(Port-Marly)에 바로크와 고딕 양식의 성을 짓고 '몽테크리스토 성'이라 명명.

1845 『몽테크리스토 백작』(Le Comte de Monte-Cristo), 『마고 왕비』(La Reine Margot), 『이십 년 후』(Vingt ans après) 출판 (이즈음 프랑스 사회는 산업화를 겪으며 빠르게 변하는 중이었다. 출판에 대한 검열이 사라진 것도 문학에 큰 발전을 가져다 주었다. 이런 배경 덕에 뒤마는 명성을 누릴 수 있었다).

1846 파리에 자신의 극장 '역사극장'(Théâtre-Historique)을 세워 셰익스피어, 괴테, 쉴러 등을 공연.

1849 '역사극장'의 파산으로 발자크가 극찬하던 몽테크리스토 성을 경매로 판다.

1851 150명 이상 되는 채권자들을 피해 벨기에로 도피한다.

1854 파리로 돌아옴.

1861 에마누엘레 2세가 이탈리아 독립을 선언한다. 뒤마는 『인디펜덴테』의 발간을 주도하며 이탈리아 통일운동에 앞장서느라 3년을 이탈리아에서 보낸 뒤, 1864년 파리로 돌아온다.

1870 혈관염으로 마비가 일어나 뒤마는 의절했던 아들과 화해하고 디에프 지방 퓌에 있는 아들의 별장에서 사망, 고향 빌레르-코트레에 묻힌다. 유해는 2002년 탄생 200주기를 맞아 파리 팡테옹에 이장.

『뒤마의 볼가 강』을 이해하기 위한 연대기적 역사와 뒤마의 여행 과정은 다음과 같다.

1552 칼미크인들의 뿌리인 서방의 몽골족인 오이라트족이 동방의 몽골족인 칼크족(Khalkhs)에 의해, 몽골 제국의 수도 카라코룸에서 서쪽으로 쫓겨 간다.

1554 아스트라한이 '무서운 이반' 치하 러시아인들에 의해 타타르족에게 점령된다.

1607 차르 바실리 추이스키는 칼미크인들이 아스트라한의 대초원에 살도록 허락한다.

1616 칼미크족은 족장 쿠울룩의 인도로 준가얼 분지(신장 웨이우얼 자치구)를 떠나 서쪽으로 행진한다.

1657 이해부터 27만의 칼미크인들은 아스트라한의 대초원에 정착하되, 러시아 차르의 종주권을 인정하고 그 군대에 복역하기로 한다.

1722 표트르 대제는 그 감사의 표시로 칼미크족의 칸을 사라토프에 받아들인다. 크림 반도의 타타르인들을 견제하기에는 칼미크 기병들이 필요했기 때문이다.

1815 나폴레옹을 패배시킨 알렉산드르 1세가 파리에 입성했는데, 칼미크인도 그 군대에 참가한다.

1825 자유주의자 콘스탄틴의 양위로 니콜라스 1세가 즉위하자 콘

스탄틴 편인 '12월당원'들의 반역이 일어나고, 그 중 5명은 교수형에, 나머지 전원은 시베리아로 종신유형에 처해진다.

1829 뒤마의 『앙리 3세와 그의 궁정』 러시아 공연.

1839 샤를 뒤랑의 중개로 『연금술사』를 니콜라스 1세에게 보낸다. 그러나 뒤마의 러시아 여행은 좌절된다.

1840 '12월당원'의 반역 사건을 소재로 한 『검술사범』(*Le Maître d'armes*)을 발표, 니콜라스 1세와 완전히 대립.

1855 독재자 니콜라스 1세 사망, 알렉산드르 2세의 즉위.

1856 파리조약으로 크림 전쟁이 끝남으로써, 프랑스에는 러시아 풍이 유행사조가 된다.

1858 6월 15일 뒤마는 러시아 여행을 떠나며, 페테르부르크에서 시인 네크라소프 등의 환대를 받는다. 10월 29일에는 칼미크의 투메인 왕의 초대를 받는다.

1859 콘스탄티노플에서 배를 타고 떠나서 3월 9일에 마르세유에 도착.

1860 「파리에서 아스트라한까지」(De Paris à Astrakan) 발표.

1865 『러시아 기행』(*Impressions de Voyage en Russie*) 출간.

작가가 사랑한 도시 시리즈

100년 전 도시에서 만나는 작가들의 특별한 여행 그리고 문학!!

01 플로베르의 나일 강 귀스타브 플로베르 지음, 이재룡 옮김

스물여덟 살의 플로베르가 돛단배로 떠난 넉 달 간의 나일 강 여행! 편지로 어머니에게는 나태와 노곤함을, 친구에게는 동방의 에로틱한 밤을 전한다. 훗날 『보바리 부인』에 재현될 멜랑콜리와 권태의 원천이 되는 감각적인 기행문!!

02 뒤마의 볼가 강 알렉상드르 뒤마 지음, 김경란 옮김

1858년, 대문호 알렉상드르 뒤마가 러시아의 변경 볼가 강 유역을 방문한다. 당대 최고의 여행가의 펜 끝에서 펼쳐지는 칭기즈칸의 후예 칼미크족의 유목 생활과 풍습 그리고 그들의 왕성에서 열린 축제까지, 말 그대로 여행문학의 향연이 펼쳐진다!!

03 쥘 베른의 갠지스 강 쥘 베른 지음, 이가야 옮김

코끼리 모양의 증기 기관차를 타고 힌두스탄 정글을 가로지르는 영국군 퇴역대령과 프랑스인 친구들. 성스러운 갠지스 강 순례 도시들의 유적과 힌두교도들의 풍습이 당대를 떠들썩하게 한 세포이 항쟁의 정황과 함께 어우러진 독특한 모험소설!!

04 잭 런던의 클론다이크 강 잭 런던 지음, 남경태 옮김

알래스카 남쪽 클론다이크 강 유역에 금을 찾아 모여든 인간들. 차디찬 설원의 밤, 사금꾼들의 숙박소로 의문의 남자가 피를 흘리며 찾아든다. 야성의 본능만이 투쟁하는 대자연에서 전개되는 어긋난 사랑과 파멸. 섬뜩하면서 매혹적인 독특한 여행소설!!

05 모파상의 시칠리아 기 드 모파상 지음, 어순아 옮김

프랑스 문단의 총아 모파상은 우울증이 심해질 때마다 여행을 떠난다. 시칠리아에 도달한 그가 마주한 것은…… 고대 그리스 신전과 중세의 고딕 성당, 화산섬 특유의 용암 풍광 등 자연과 예술이 하나 된 곳, 모더니티의 유럽인들이 상실해 가는 지고의 아름다움이었다.

06 뮈세의 베네치아 알프레드 드 뮈세 지음, 이찬규·이주현 옮김

베네치아를 무대로 천재화가이자 도박사 티치아넬로와 베일에 싸인 연인 베아트리체가 벌이는 사랑의 사태와 예술적 영혼들에 관한 성찰! 낭만주의 시인 뮈세와 소설가 조르주 상드의 "빛나는 죄악" 같은 사랑에서 탄생한 한 폭의 바람 세찬 풍경 같은 예술소설!!

07 에드몽 아부의 오리엔트 특급 에드몽 아부 지음, 박아르마 옮김

1883년 10월 4일, 당대 최고의 여행작가 에드몽 아부가 국제침대차회사의 초대로 오리엔트 특급 개통기념 특별열차에 탑승한다. 최신식 침대차의 호화로움과 파리에서 터키 이스탄불 사이의 여정이 상세하면서도 역동적으로 묘사된 여행 에세이의 백미!!

08 폴 아당의 리우데자네이루 폴 아당 지음, 이승신 옮김

19세기에 이미 전기 설비가 완성된 '빛의 도시' 리우. 폴 아당은 놀라운 속도로 개발되는 도시 외관과 아름다운 자연에 눈을 빼앗기면서도, 브라질 사람들의 순박하면서도 아름다운 생활상을 발견해 내는 아나키스트 작가의 면모를 숨김없이 보여 준다.

09 라울 파방의 제1회 아테네 올림픽 라울 파방 지음, 이종민 옮김

제1회 올림픽이 열린 아테네에 『주르날 드 데바』지의 특파원 라울 파방이 도착한다. 기자다운 정확성으로 생생히 재현되는 IOC 창설 과정, 근대 올림픽 개최를 둘러싼 갈등, 각종 경기장들의 건립 상황 등 올림픽 뒤 숨겨진 이야기들!!

10 라마르틴의 예루살렘 알퐁스 드 라마르틴 지음, 최인경 옮김

'평화의 도시' 예루살렘. 유대교와 기독교, 이슬람교가 각축한 복잡한 역사를 고스란히 담고 있는 이 성소로 낭만주의 시인 라마르틴이 병든 딸과 여행을 떠난다. 시인의 내면 깊이 간직된 신앙심과 자연에 대한 애정이 이 도시를 바라보는 시선에 그대로 배어 있다.

*〈작가가 사랑한 도시〉 시리즈는 계속됩니다!

지은이 알렉상드르 뒤마(Alexandre Dumas)

빅토르 위고, 알프레드 드 비니 등과 함께 프랑스 낭만주의 문학의 선구자로 평가받는다. 1802년, 북프랑스의 빌레르-코트레라는 작은 마을에서 태어나 나폴레옹군의 장군이었던 아버지가 일찍 세상을 떠난 후 어린 시절을 불우하게 보냈다. 1823년 생계를 잇기 위해 파리로 가서 오를레앙 공작(후에 루이 필리프 왕)가에서 서기로 일하다가 곧 연극계로 뛰어든다. 1829년 사극 『앙리 3세와 그의 궁정』으로 재능을 인정받고, 그 후 인기 있는 장르였던 역사소설로 관심을 돌려 『삼총사』, 『20년 후』, 『10년 후』, 『철가면』 등을 집필해 대중의 인기를 얻었다. 그 중 『몽테크리스토 백작』은 출간 즉시 엄청난 성공을 거두어 당대 최고의 '인기 소설'로 자리매김했다. 1870년 세상을 뜰 때까지 총 250여 편의 작품을 집필했다.

옮긴이 김경란

연세대학교를 졸업하고 홍익대학교와 파리Ⅶ대학교에서 각각 불문학 박사학위를 취득하였다. 연세대학교, 홍익대학교, 숙명여자대학교 등에서 불문학을 가르쳤으며, 현재 연세대학교 유럽사회문화연구소 연구원이다. 저서로는 『프랑스 상징주의』(문화관광부 추천 우수 학술도서), 『'네앙'과 글쓰기 사이: 말라르메와 '무'의 추구』(파리Ⅶ대학교 박사학위 논문), 『말라르메, 시간의 시학과 공간의 시학』(홍익대학교 박사학위 논문)이 있고, 논문으로는 「상징주의 시 번역과 한국의 티포그라피 시」, 「대문자의 '책'」, 「말라르메와 불교」, 「'주사위 던지기' 읽기」, 「말라르메의 가치전도술」, 「소진의 이면」, 「말라르메의 '이지튀르'에 나타난 혼돈과 질서」를 썼다. 발레리의 『바리에테』(일부), 말라르메의 『주사위 던지기』, 홍종우의 불어판 『춘향』을 한국어로 옮겼다.